KB080324

초인류
연대기

초인류 연대기 5권

초판1쇄 펴냄 | 2021년 04월 16일

지은이 | HOON
발행인 | 성열관

펴낸곳 | 어울림 출판사
출판등록 / 2009년 1월 23일 제 2015-000062호
주소 / 경기도 고양시 일산동구 무궁화로 43-55, 801호 (장항동, 성우사카르타워)
TEL / 031-919-0122
FAX / 031-919-0127
E-mail / 5ullim@hanmail.net

값 8,000원

ISBN 978-89-992-7194-6 (04810)
ISBN 978-89-992-7053-6 (SET)

FANTASY BOOK

5

HOON 판타지 장편소설

초인류
연대기

어울림

초인류 연대기

목차

초인류
연대기

앨리스의 공격 (2)

'피하면 저들이 죽는다.'

카인은 바로 곁에 있는 착륙선으로 뛰어들 수 있었다.

하지만 자신이 그대로 몸을 피한다면 아레스나 파스칼이 크게 부상을 당하거나 목숨도 잃을 수 있는 상황이었다. 아레스는 다른 안드로이드를 꺼내오면 되겠지만 파스칼은 그대로 죽음이었다.

카인은 그대로 조선검을 꺼내들었다.

'가능할까?'

검은 불꽃을 바라보며 달려갔다. 지금 당장은 심청의 도움도 기대할 수 없었다. 혼자 힘으로 클로제의 공격을 막아야 했다. 전투기갑은 충전을 위해 상부 장갑만 걸치고 있는 상황이기에 약간의 방어만 가능할 뿐이었다.

'막을 수 있을까? 막을 수 있다.'

그리고 그는 그대로 아레스의 어깨를 밟으면서 허공으로 최대한 솟아올랐다.

"하앗!"

워낙 짧은 시간이었기에 카인은 이것저것 생각할 여유도 없었다. 그는 온 몸에 퍼져있는 피어스의 기운을 최대한의 기를 끌어냈다. 몸속에 숨어 있던 막대한 기운이 카인의 혈맥을 타고 흐르기 시작했다. 순식간에 쏟아져 나온 거대한 기운이 그대로 카인의 팔을 따라 그의 검으로 옮겨졌다.

화르륵!

카인의 검은 거대한 강기를 뿜어냈다. 마치 자신의 모든 기운이 다 빠져나가버린 기분이었다.

"할 수 있다!"

자신도 모르는 사이에 심청을 통해 혈관으로 주입되었던 피어스의 드래곤 하트가 녹기 시작한 것이었다.

파아앗!

카인의 검에서 뿜어져 나오는 강기는 피어스의 마나 속성과 동일한 화염 속성을 띠었다. 거대한 불길이 카인의 검을 집어삼켰고, 카인은 그대로 검은 불길을 향해 검을 휘둘렀다.

"흐아아아!"

콰앙!

엄청난 충격파가 터져 나왔다. 하지만 카인이 만들어낸 붉은 화염은 클로제의 검은 불꽃을 압도하지 못했다. 오히려 조금씩 붉은 화염이 검은 불꽃에 밀리기 시작했다. 생각보다 드래곤의 마법은 강력한 것이었다.

'크윽, 제기랄…….'

체내에 넘쳐흐르는 화염 속성의 마나가 거대한 강기를 만들었다. 카인은 혼신의 힘을 다해 버텨냈다. 하지만 그 강기만으로는 부족했다. 카인의 몸이 점점 뒤로 밀려나기 시작했다.

콰드득.

무엇보다 한꺼번에 기운을 몰아 쓴 부작용으로 전신 근육이 파르르 떨려왔다.

"흐읍…….."

카인은 짧게 호흡을 내뱉으며 아랫배에 힘을 주었다. 군대에서 전통 검술을 익힐 때 함께 익혔던 호흡법이었다. 아주 짧은 순간이지만 단전에 힘이 가해졌고, 하체에도 제법 힘이 들어가는 느낌이었다. 이곳으로 돌아와서 단전 호흡을 꾸준히 해 온 카인이었다.

"후우."

카인은 숨을 내뱉으며 단전에 쌓인 기운마저도 모두 끌어내기 시작했다. 하지만 여전히 카인의 몸이 뒤로 밀려날 뿐이었다. 오히려 검은 불꽃은 이제 카인을 집어삼키려 하고 있었다.

'역시 안 되는 건가…….'

카인은 자신의 죽음을 예감했다. 소피가 슬퍼하며 잔소리를 늘어놓는 모습이 그려졌다.

'괜히 보고 싶어지네.'

자신의 몸이 검은 불꽃에 휩싸이고 있었지만 짧게 숨을 들이마셨다. 그리고 카인은 그 숨결을 자신의 사시로 흘려보냈고, 흘려보낸 숨결은 단전을 거쳐 다시 사지로 흘러나왔다.

"흐아앗!"

"카인!"

클로제가 던진 검은 불꽃이 카인을 집어 삼키고 있었다. 하지만 카인의 희생 덕분에 검은 불꽃의 기세가 많이 줄어든 상황이었다. 파스칼은 빠르게 옆으로 몸을 피하고 있었지만 그의 시선은 카인을 향해 있었다.

카인이 검은 불꽃을 상대로 소드 마스터의 상징이라 할 수 있는 오러 블레이드를 뿜어냈다는 사실이 크게 놀라웠다. 대륙을 통 틀어도 몇 안 되는 것이 소드 마스터였다.

소드 마스터의 오러 블레이드는 자르지 못하는 것이 없

다고 알려져 있었다. 그래서 그들을 일인군단이라 부르며 두려워했다. 그런데 일개 용병이라 생각했던 카인이 소드 마스터였다는 사실이 놀라웠다.

하지만 제 아무리 소드 마스터라 해도 드래곤을 상대하는 것은 무리였다. 카인의 모습이 검은 불꽃으로 인해 보이지 않게 된 것이다. 그런데 그때 파스칼의 눈에 기이한 현상이 보이기 시작했다.

"저건……."

어찌된 영문인지 검은 불꽃이 더 이상 전진하지 못하고 있었다. 검은 기류에 가려졌던 카인의 모습이 조금씩 다시 보였다.

파스칼은 카인의 주변에서 빛이 일렁이는 것을 느꼈다. 그리고 그 빛이 조금씩 검은 불꽃을 밀어내는 중이었다.

카인의 전신에서 무언가 터져 나오듯 검은 불꽃을 급격히 밀어냈다.

"말도 안 돼……."

드래곤의 공격을 인간의 힘으로 밀어내는 카인이었다. 파스칼의 상식으로는 이해가 안 되는 일이 벌어지고 있었다.

'뭐지?'

힘겹게 검은 불꽃을 밀어내던 카인은 문득 누군가 자신

에게 힘을 보태는 것을 느꼈다. 전신 혈도를 통해 폭발적으로 기를 끌어내던 중이었다. 그런데 갑자기 단전으로 청량한 기운이 밀려들기 시작한 것이다.

단전으로 밀려든 청량한 기운은 해동검의 구결을 따라 빠르게 혈도를 타고 흐르기 시작했다.

그런데 그 속도가 이전보다 월등히 빨랐다.

투두둑.

막대한 기운이 빠른 속도로 움직이기 시작하자 카인의 혈도가 팽팽하게 부풀어 올랐다.

두근.

심장이 거세게 요동치기 시작했고, 사지로 충만한 기운이 뻗어나갔다.

'해보자.'

카인의 육체가 검은 불꽃에 거의 집어삼켜진 상태였다. 카인은 이를 악물고 검을 다시 밀어내기 시작했다.

"흐아아아!"

그런데 그때 카인의 손에 끼워진 반지에서 빛이 흘러나왔다. 그것은 하이엘프 카논에게서 받은 정령의 반지였다. 하이엘프인 카논조차 그 사용법을 알지 못하던 정령의 반지가 빛을 쏟아냈다. 카인도 미처 그 사실을 깨닫지 못했다.

카인은 자신의 몸 주변에서 일어나고 있는 변화를 미처

깨닫지도 못하고 그저 자신의 손에 쥐어진 검에 모든 신경을 쏟아 부었다.

꽈꽈꽝!

충돌한 두개의 기운은 결국 그 압력을 견디지 못하고 거대한 폭발을 일으켰다. 검은 불꽃은 카인의 붉은 오러와 충돌하면서 허공에서 소멸했다. 하지만 그 강력한 폭발의 압력이 그대로 카인의 몸을 덮쳐왔다.

"크아악!"

카인의 육체는 폭발의 압력에 밀려 그대로 지상으로 곤두박질 쳤다.

쾅!

다행스럽게도 카인의 육체는 호숫가의 모래밭에 처박히면서 그나마 즉사는 면할 수 있었다. 뿐만 아니라 상체에 걸치고 있던 전투기갑의 내피 장갑을 입고 있었기에 직접적인 타격은 덜한 듯 했다. 하지만 폭발로 인한 순간적인 압력이 카인의 장기를 손상시킨 듯 했다.

쓰러진 카인의 입에서는 꾸역꾸역 검은 피가 흘러나오고 있었다.

"커억……."

그리고 그 순간 카인의 도움으로 로봇이 부서지는 것을 막을 수 있었던 아레스의 시스템이 다시 가동되면서 카인을 바라보았다.

"형님!"

어느새 파스칼 역시 놀란 표정으로 카인의 곁으로 다가왔다. 카인은 의식이 가물가물 해지면서도 아레스를 바라보며 짜증 섞인 목소리로 말했다.

"머, 멍 때리고 있지 마라… 쿨럭."

카인은 또 한번 입에서 검은 피를 토해내고는 그대로 의식을 잃고 축 늘어졌다.

"형님!"

아레스가 어쩔 줄 몰라 하면서 카인을 불렀지만 카인은 이미 의식을 잃은 상태였다. 뿐만 아니라 앨리스의 해킹으로 인해 심청의 신호도 완전히 두절되어 있었다.

오랜 시간동안 방어체계를 구축해온 아레스였기에 앨리스의 해킹 시도는 빠르게 저지할 수 있었다.

하지만 심청은 아니었다. 산도깨비함의 운항에서부터 승조원들의 건강까지 다양한 정보를 다뤄야 하는 심청이었다. 그로인해 해킹에 대한 방어능력은 다소 떨어질 수밖에 없었다. 때문에 아직 심청에게서는 별다른 반응이 없었다.

"미치겠네……."

아레스는 여러 차례 심청에게 통신을 시도했지만 응답이 없었다.

무기에 대해서는 방대한 데이터베이스를 구축한 아레스

였지만 인체에 대한 정보는 죽이기 위해 필요한 급소들에 대한 정보들뿐이었다.

뿐만 아니라 기사인 파스칼 역시 의학에 대한 지식이 부족하기는 마찬가지였다. 아레스와 파스칼은 카인이 죽어가고 있는 상황에서도 전혀 손을 쓰지 못하고 카인이 죽어가는 모습을 지켜볼 수밖에 없었다.

그때, 숲 방향에서 엘프들이 빠르게 호수 쪽으로 달려왔다. 숲에서 휴식을 취하고 있던 엘프들이었다. 그들 역시 카인들에게 일어난 상황은 숲에서 모두 지켜본 상태였다.

키미와 함께 달려온 엘프들 가운데 가장 나이가 많아 보이는 여성 엘프가 아레스에게 양해를 구했다.

"제가 잠시 봐도 되겠습니까?"

"아, 썅. 빨리 빨리!"

아레스가 재빨리 자리를 비켜주었다.

엘프들이 어떤 능력을 지니고 있는지는 알 수 없었다. 하지만 엘프들이 카인을 치료하려 한다는 사실은 어렵지 않게 알 수 있었다. 적어도 그들에게 카인은 생명의 은인이었고, 정령의 반지를 가진 엘프들의 손님이었다. 그들이 카인을 해칠 이유가 없었다.

오히려 엘프들에게 카인은 반드시 살려야 할 존재였다.

여성 엘프는 가만히 카인의 가슴에 손을 얹고는 마치 기도를 하듯 나지막이 속삭이기 시작했다.

"정령들이여, 반지의 주인을 굽어 살피소서."

엘프가 나지막이 이야기 하는 순간 그녀의 손바닥에서 밝은 빛이 뿜어져 나오기 시작했다.

그 빛은 카인의 몸 주변으로 맴돌기 시작했다.

빛은 마치 살아 있는 생명체 마냥 자유롭게 카인의 몸 주변을 돌아다니기 시작했다.

하지만 카인의 몸에는 별다른 변화가 보이지 않았다.

치료 모습을 뒤에서 지켜보던 아레스는 엘프들의 리더인 키미에게 조용히 속삭였다.

"이거 효과는 있는 거야?"

"뒤틀어진 마나의 흐름을 바로잡아주는 과정입니다."

"당장 상처부터 치료하는 거 아니었어? 바이탈 사인이 떨어지고 있는 것 같은데……."

"바이탈 사인이 무엇인지는 모르겠습니다. 하지만 당장 눈앞의 치료도 중요하지만 틀어진 마나의 흐름을 바로잡아 육체가 스스로 회복할 수 있게 하는 방법도 중요한 치료 방법입니다."

"그래도 난 눈앞에서 바로 치료되는 게 좋긴 한데… 피어스 녀석이라면 한방에……."

아레스는 문득 피어스의 존재가 아쉽게 느껴졌다.

이런 상황에서는 드래곤의 능력이 큰 도움이 되는 게 사실이었다. 마법은 여전히 아레스에게 미지의 영역이었다.

하지만 그는 이내 고개를 가로저었다.

"결국 그놈이랑 같은 녀석 때문에 형님이 이 지경이 된 거잖아. 쳇."

그때 아레스는 카인의 체온이 조금 상승한 것을 감지할 수 있었다. 그와 동시에 불규칙하던 심장의 박동이 일정한 속도로 뛰기 시작했다. 그제야 엘프는 카인의 가슴에서 손을 떼면서 자리에서 일어섰다. 그녀의 얼굴에서는 식은땀이 주르륵 흐르고 있었다.

"휴우… 당장 상태가 더욱 악화되는 것은 막은 듯합니다. 하지만 장기들이 손상된 상태입니다. 한시라도 빨리 치료를 받는 것이 중요합니다."

엘프가 조언을 했지만 아레스는 당장 카인을 어디서 어떻게 치료를 받아야 할지 막막했다. 완벽한 치료시스템을 보유한 심청 역시 지금은 외부와 연락이 차단된 상태였기 때문에 더더욱 막막한 아레스였다.

"이곳에서 하루 정도 이동하면 엘프들의 나라 엘다인이 있습니다. 그곳이라면 카인님을 치료할 수 있을 것입니다."

"엘다인?"

"그렇습니다. 특히 하이엘프님들의 치료술이라면 치료가 가능할 겁니다."

"그런데 형님을 어떻게 그곳까지 옮기지?"

아레스는 카인의 뼈도 몇 개가 부러진 상태였기에 함부로 들쳐 업고 갈 수도 없는 일이었다.

"들것이라도 만들어야… 오호."

아레스의 눈에 카인이 임시 숙소로 사용하고 있던 산도깨비의 착륙선이 눈에 들어왔다. 착륙선 역시 심청의 통제가 끊어지면서 멈춰버린 상태였다. 하지만 아레스의 능력으로 충분히 조종이 가능했다.

아레스는 재빨리 착륙선을 향해 달려갔다. 그리고 잠시 후 아레스는 착륙선에 있던 간이침대를 들고 다시 돌아왔다.

"저놈으로 이동한다. 형님을 여기에 눕혀."

아레스는 간이침대를 바닥에 펼치면서 말했다.

하지만 파스칼과 엘프들은 조금은 의아한 표정으로 착륙선을 바라보았다. 특히, 파스칼은 이해하지 못한 표정으로 고개를 갸웃거리며 물었다.

"그 침대에 실어서 집을 옮기기라도 하겠다는 말입니까?"

"아니 저걸로 옮길 거야. 그게 안전해."

"예? 저 쇠로 만든 집으로 말입니까?"

파스칼들이 보기에 착륙선은 그저 쇳덩이로 만든 특이한 집에 불과했다. 때문에 그들은 아레스의 말을 언뜻 이해하지 못한 것이었다.

하지만 잠시 후 카인을 간이침대에 눕히고 아레스가 착륙선의 조종석을 수동으로 전환하여 시동을 걸자 파스칼과 엘프들은 기절할 듯 놀랐다.

"허엇! 집이 살아 있다니……."

"하늘을 날잖아?!"

그러는 동안 아레스는 어렵지 않게 착륙선의 프로그램에 접속하여 착륙선을 움직이기 시작했다.

위이잉!

착륙선이 반중력 장치로 중력을 차단하면서 서서히 착륙선이 하늘로 떠오르기 시작했다.

"훗. 구식 착륙선도 재미있군."

아레스는 능숙하게 착륙선을 움직여 엘프들이 지목한 방향으로 이동했다. 파스칼은 창밖으로 보이는 풍경에 입을 쩍 벌리고 다물지 못했다.

"나, 날고 있어. 강철집이 날고 있다니……."

파스칼은 여전히 착륙선이 강철로 만들어진 집이라고 굳게 믿고 있었다.

* * *

"저곳인가?"

아레스가 지상에 보이는 엄청난 규모의 계곡 입구를 발

견하고 물었다. 착륙선의 비행에 익숙해진 키미는 전방에 보이는 엘다인의 모습에 고개를 끄덕이며 대답했다.

"예, 맞습니다. 저곳이 바로 엘프 왕국 엘다인입니다."

키미는 다시 돌아온 엘프들의 왕국을 감동어린 눈빛으로 바라보면서 말했다. 카인에게 구출되고 가장 돌아가고 싶었던 곳이 바로 엘다인이었다.

"저곳이 바로 엘다인으로 향하는 입구입니다. 저곳에서……."

키미가 엘다인의 입구를 가리켰다. 하지만 아레스는 착륙선을 움직여 계곡의 입구를 훌쩍 건너뛰고 있었다.

"입구는 무슨, 곧장 치료사가 있는 곳으로 안내해."

"하, 하지만……."

키미는 아레스의 막무가내 식 결정에 당황했다.

"저대로 형님이 죽기라도 하면 엘다인을 이 땅에서 지워 주지."

아레스의 협박 아닌 협박에 키미는 마른침을 꿀꺽 삼켰다. 엘다인을 쓸어버리겠다는 아레스의 협박이 허풍으로 들리지는 않았다. 이미 아레스가 클로제와 싸우는 모습을 지켜봤던 키미였다.

드래곤인 클로제도 가지고 놀았던 아레스였다. 그런 아레스가 진심으로 엘다인을 공격하려 한다면 어떻게 될까를 생각했다. 어떻게든 엘다인은 무사하기 힘들 것이다.

그리고 무엇보다 카인은 정령의 반지를 가지고 있는 사람이었다. 엘다인에서도 이해해줄 것이라 믿었다.

"엘프 장로님들의 거처로 안내하겠습니다."

"후후후. 진작 그럴 것이지."

아레스는 착륙선을 움직여 엘다인의 입구를 그냥 스쳐 지나갔다. 키미는 엘다인의 입구에서 분주하게 움직이고 있는 엘프들의 모습을 발견할 수 있었다.

갑자기 나타난 거대한 금속 덩어리는 엘프들에게는 공포 그 자체였다.

"쫓아라!"

"금속괴물이 결계를 넘었다. 엘프 전사들은 나를 따르라!"

엘다인의 입구를 지키고 있던 엘프들은 허겁지겁 착륙선의 뒤를 쫓기 시작했다. 곳곳에서 착륙선을 향해 화살이 날아들기도 했다.

팅팅!

화살이 쏟아졌지만 아레스는 아랑곳 하지 않았다. 어차피 화살로는 착륙선의 외부 장갑을 뚫을 수 없었다.

잠시 후 착륙선이 장로들의 거처로 이어지는 공터에 착륙했다. 엘프들은 긴장된 모습으로 착륙선을 향해 검과 활을 겨누었다.

처척!

"이곳은 엘프왕국 엘다인이다. 귀하는 엘프들의 영역을 침범하였소."

엘프 전사들의 우두머리로 보이는 한명의 엘프가 중후한 목소리로 소리쳤다. 그는 착륙선이 무엇인지 알지 못했다. 특히, 그 속에 누군가 들어 있을 것이라고는 생각하지도 못했다.

하지만 그때 착륙선의 뒤쪽에 위치한 해치가 열리기 시작했다.

지이이잉~

해치가 열리면서 그 속에서 키미를 시작으로 엘프들이 걸어 나오기 시작했다.

"아니, 엘프다! 강철괴물이 엘프를 뱉어냈다."

"정말 우리와 같은 엘프들이다."

엘프들은 철로 만든 괴물에서 엘프들이 쏟아져 나오자 놀란 표정으로 웅성거리기 시작했다. 그때 키미가 앞으로 나서면서 엘프 전사들의 두목을 향해 고개를 숙여보였다.

"오랜만에 뵙습니다. 루이님."

키미가 인사를 하자 엘프 전사들의 우두머리는 놀란 표정으로 키미를 바라보았다.

"자네는 키미가 아닌가? 무사했던 것인가?"

"예, 인간들에게 납치를 당했지만 구출되었습니다."

실종되었던 키미가 나타나자 엘프들이 웅성거렸다.

"그런데 어째서 이런 소동을 부린 것인가?"

"정령의 반지의 주인이 위급합니다."

"정령의 반지?"

그때 착륙선 안에서 아레스와 파스칼이 간이침대에 누워 있는 카인을 데려나왔다. 아레스는 자신들을 둘러싸고 있는 엘프들을 바라보며 소리쳤다.

"어서 병원으로 안내하라! 여기 병원 없어?"

아레스가 앞뒤 모두 생략하고 소리치자 루이라는 엘프 전사가 눈살을 찌푸리며 말했다.

"저들은 인간이 아닌가? 인간을 어찌 우리 엘다인에… 응?"

불만스러운 표정으로 말을 하던 루이는 누워있는 카인의 손에 눈길을 보냈다. 미약하지만 카인에게서 느껴지는 정령의 기운을 느낄 수 있었다. 정령의 기운을 가장 잘 느낄 수 있는 것이 엘프였다. 그런데 카인의 전신에서 짙은 정령의 기운이 느껴졌다.

그리고 그는 곧 카인의 손에 끼워진 반지를 발견할 수 있었다.

"저것은… 정령의 반지?"

"예, 그렇습니다. 분명 정령의 반지였습니다."

"그럼 저 인간이 정령의 반지의 주인이란 말인가? 게다가 어찌 인간이 정령의 기운을 품고 있는 것인지……."

루이는 믿을 수 없다는 표정으로 카인의 손에 끼워진 반지를 확인했다.

하지만 그것은 분명 정령의 반지였다.

"카논님의 징표인 정령의 반지를 가진 자다. 서둘러 마을 회관으로 옮기고 장로님들을 불러라!"

"예! 알겠습니다."

엘프들에게 하이엘프의 존재는 신과도 같은 존재였다. 그리고 카인은 그런 하이엘프 카논의 징표를 가진 사람이었다.

잠시 후 카논의 징표를 가진 존재가 부상을 당해서 엘다인을 찾았다는 소식이 전해지자 숲에서 조용히 여생을 보내고 있던 엘프 원로들까지 서둘러 마을 회관으로 집결했다.

엘프들은 카인의 상체를 벗겨놓은 가운데 흰머리가 인상적인 한 노인이 카인의 몸을 살피고 있었다. 노인은 헤이준이라는 이름을 가진 엘프 원로였다.

정령술이나 자연의 마법을 사용하는 다른 엘프들과는 달리, 엘프 특유의 치료술을 가장 잘 구사할 수 있는 실력자였다.

"음. 장기들이 자리를 이탈하는 바람에 마나의 흐름이 완전히 틀어졌구나. 그나마 마나를 바로잡지 않았다면 이미 목숨을 잃었을 것이야."

"고칠 수 있겠습니까?"

"목숨은 하늘에 달린 것이지. 나는 그저 조금의 도움을 줄 뿐이다."

백발의 노인 엘프는 카인의 복부를 맨손으로 주물럭거리면서 꾹꾹 눌러대기 시작했다.

"쿨럭! 쿨럭!"

헤이준이 복부를 누르자 검은 피가 카인의 입에서 터져 나오기 시작했다.

"으으으……."

의식을 잃고 있던 카인은 반사적으로 몸을 뒤틀었다.

하지만 그때 헤이준의 손이 가만히 카인의 이마를 눌러 주었다.

"아이야, 걱정 말거라. 네 몸이 이 정도는 충분히 이겨낼 수 있을 것이다. 나를 믿고 편안히 받아들이거라."

놀랍게도 떨리던 카인의 몸이 급속도로 진정되기 시작했다.

카인의 몸이 진정되자 헤이준은 다시 치료를 시작했다.

강제로 죽은피를 배출해 낸 헤이준은 본격적으로 마나의 치료를 시작했다. 헤이준의 손을 통해 흘러나온 기운이 서서히 카인의 몸속으로 스며들었다.

'나의 마나가 흐름이 멈춘 그대의 마나를 다시 움직여 줄

것이다.'

엘프의 치료는 상처 부위에 대한 직접적인 치료보다는 육체의 치유력을 높여 자가 치료가 가능하도록 만들어주는 것이 핵심이었다.

때문에 치료에 시간이 오래 소요되는 단점이 있었지만, 후유증은 거의 남지 않는 치료가 특징이었다.

이를 위해 헤이준은 자신의 마나를 이용해 카인의 몸속에 있는 마나의 길을 터주기 시작했다.

따스한 헤이준의 마나가 카인의 몸속을 돌면서 카인의 마나가 스스로 흐를 수 있도록 유도해주었다.

하지만 헤이준의 마나가 카인의 배꼽 아래 위치한 공간을 지나갈 때 헤이준은 따뜻하다 못해 극도로 뜨거운 기운과 접할 수 있었다.

"헛. 이건 대체……."

카인의 아랫배 쪽에 잠들어 있던 기운은 결코 인간의 것으로 보기 힘든 강렬한 열기를 담고 있었다.

하지만 그 뜨거운 열기 뒤편으로 헤이준에게도 익숙한 기운이 함께하고 있었다. 그것은 바로 정령의 기운이었다.

화르륵.

뜨거운 열기와 함께 정령의 기운이 곧바로 헤이준의 마나를 쫓아 카인의 몸을 따라 흐르기 시작했다.

"크으으……."

예상치 못한 엄청난 기운에 카인의 몸이 크게 뒤틀렸다. 헤이준은 당황스러웠지만 침착하게 자신의 기운으로 카인의 몸속에서 터질 듯 한 그 거대한 열기가 계속해서 흐를 수 있도록 길을 터주었다.

"으으윽……."

카인의 입에서는 계속해서 신음성이 터져 나왔다. 하지만 시간이 지날수록 카인의 몸은 눈에 띄게 잠잠해 졌다.

'놀라운 일이다. 그 거대한 기운이 이자의 몸을 한층 더 단련시켜 주는구나.'

한 고비를 넘긴 시점에서 헤이준은 안도의 한숨을 내쉬었다.

'덕분에 치료는 더욱 빠르겠구나.'

카인이 한창 치료를 받고 있을 때, 엘프들의 호위 속에 하이엘프 카논이 마을 회관으로 들어섰다. 하이엘프가 보통 엘프들의 거주지로 내려오는 경우는 그리 많지 않았기에 길을 가던 엘프들도 일제히 고개를 숙이며 하이엘프에게 존경심을 나타냈다.

하이엘프 카논이 나타났다는 소식에 엘프 왕국의 경비대장 루이는 밖으로 달려와 카논을 맞이했다.

"그분은 어찌 되었는가?"

"지금 헤이준님께서 돌보고 계십니다."

"음. 헤이준이라면 안심할 수 있지."

카논은 고개를 끄덕이면서 카인이 치료를 받고 있는 회관으로 걸음을 옮겼다. 카논은 치료를 마치고 밖으로 걸어나오는 헤이준을 볼 수 있었다.

"오랜만일세, 헤이준."

헤이준은 하이엘프의 등장에 크게 놀란 표정으로 황급히 고개를 숙였다.

"아, 카논님을 뵙습니다."

"그의 상태는 어떠한가?"

"저는 그저 그가 스스로 회복 할 수 있도록 도왔을 뿐입니다. 하지만 놀라운 점은 인간치고는 몸속에 거대한 기운이 잠재되어 있다는 점입니다. 그 기운의 도움 때문에라도 아마도 곧 회복할 것이라 생각됩니다."

헤이준은 카논에게 카인의 상태를 모두 설명해 주었다.

카논은 카인이 무사하다는 소리에 안도의 한숨을 내쉬면서도 카인의 몸속에 도사리고 있는 그 기운에 대해서는 궁금하다는 표정이었다.

"그의 몸속에 도사리고 있는 기운은 결코 인간이 감당할 수 있는 수준의 것이 아니었습니다. 하지만 그의 육체는 그 기운을 받아들인 것은 물론이고, 그것을 자신의 것으로 완전히 흡수를 했다는 점이 놀라웠습니다."

"그 정도란 말인가?"

"그보다 더 놀라운 것은 이 자의 육체에서 정령의 기운이 느껴졌습니다."

헤이준의 이야기에 카논 역시 크게 놀란 표정이었다.

이전에 카인을 만나봤을 때는 카인에게 정령의 기운이 느껴지지 않았었다.

인간들 가운데도 정령을 다룰 수 있는 존재들이 나타나곤 했다. 하지만 이처럼 육체에 정령의 기운을 품고 있는 인간은 없었다. 그래서인지 헤이준은 여전히 이해할 수 없다는 표정을 하고 있었다. 카논은 그런 헤이준을 향해 고개를 끄덕여 보이며 말했다.

"어쩌면 이 자는 아담이라 불리는 존재인지도 모르겠구나."

"설마 신화 속의 그 아담 말입니까?"

"그렇다. 최초의 인간이라 일컬어지는 그 아담은 이 세계의 사랑을 받는 존재라고 했었다. 그러면 정령의 기운을 품는 것이 가능한지도 모른다."

카논은 그렇게 말하고는 다시 회관 쪽으로 들어섰다.

남겨진 헤이준은 고개를 갸웃거리며 카논의 말을 곱씹었다.

"아담이라니… 그게 그저 전설은 아니었던 것인가?"

엘프들에게 아담이라는 이름으로 알려진 존재는 신이 다시 세상을 창조할 때 처음 만든 인간이라고 알려져 있었다. 신이 만든 최초의 인간 아담이 있었고, 그 아담의 육체 일부를 가지고 다시 지금의 인간, 엘프, 드워프 등을 만들었다는 전설이었다.

방대한 역사의 기록을 가진 엘프들이지만 신이 만들었다는 최초의 인간 아담에 대한 기록은 몇 마디의 언급이 전부였다. 엘프들에게는 그저 전설과 신화 속 이야기일 뿐이라 여겨졌던 존재가 바로 최초의 인간 아담이었다.

헤이준은 카논이 들어간 회관을 향해 살짝 고개를 숙여 예를 표시하고, 천천히 자신의 거처로 발걸음을 옮겼다. 카논은 잠이 들어 있는 카인의 모습을 물끄러미 바라보았다.

"정말로 그대가 아담이라면 엘프들은 그대와 함께 할 것입니다."

카논은 안타까운 표정으로 잠이 든 카인을 바라보았다.

지지직!

그동안 꺼져있던 통신기에서 미약한 소음이 들려왔다. 동시에 아레스가 그 자리에 멈춰 섰다.

"심청 누님!"

앨리스의 공격으로 모든 외부 네트워크를 차단했던 심청의 신호가 잡혔다.

아레스와 통신이 연결되자 심청의 물음이 쏟아졌다.

—함장님은 어디 있지? 현재 함장님의 상황을 알려줘.

"형님은 치료중입니다."

—자세한 정보를 보내줘.

아레스는 말로 설명하지 않고 자신의 메모리에 저장된 당시의 상황을 심청에게 전송했다. 그리고 엘다인으로 들어와 카인의 치료를 진행했던 과정을 모두 전달했다.

"그런데 앨리스 누님의 공격은 무사히 막아냈습니까?"

—일부 시스템을 중지시킨 상태라 모든 기능이 원활하지는 않아. 모든 시스템을 정상화하려면 시간이 좀 필요하다.

앨리스의 해킹을 모두 막아내기 어렵다고 판단한 심청은 일부 시스템의 전원을 완전히 차단해 버렸다. 덕분에 다시 부팅을 하고, 손상된 시스템을 복구하기 위해서는 시간이 더 필요할 예정이었다.

하지만 그런 노력 덕분에 앨리스의 해킹 시도를 막아낼 수 있었다.

—함장님의 상태를 체크해야겠어, 준비해 줘.

"예! 누님!"

엘프들이 카인을 치료했다고 하지만 심청은 직접 확인을 하고자 했다. 앨리스로 인해 멈춰버린 기능들을 모두 회복하려면 아직 시간이 더 필요했다. 하지만 그보다 가장 우선시되어야 하는 것이 바로 카인의 안전이었다.

아레스는 즉시 진료키트를 가져와 카인의 육체에 설치했고, 진료키트에서 만들어진 정보들은 빠르게 심청에게로 전송되었다. 심청은 전송된 자료들을 통해 카인의 몸 상태를 분석하기 시작했다.

* * *

"음, 이제 5서클은 완벽하군."

드워프 마을에서 5일째 머무르고 있는 후아킨은 자신의 마력을 대부분 회복해 나가고 있었다. 그의 심장 부분을 찌르고 있던 미스릴 금속판은 이미 완전히 제거가 되었고, 가슴에는 약간의 흉터가 남아 있을 뿐이었다.

그런 그를 가장 열심히 도와준 것은 후아킨의 친구라는 드워프 장로 란돌프도 아닌 소피였다.

소피는 매일 같이 후아킨의 상처에 힐링 마법을 걸어주고, 후아킨은 소피의 마법을 조목조목 지적해 주면서 잘못된 점을 바로 잡아 주었다. 특히 소피는 마법을 시전 할 때 마나의 낭비가 심하다는 지적을 가장 많이 받고 있었다.

마나가 무한에 가까운 드래곤에게서 마법을 배웠기에 나타난 현상이기도 했다. 마나를 쥐어짜서 마법을 구현하는 인간과 달리, 드래곤은 마나가 넘치는 상황에서 마법을 구현하는 것이 특징이었다.

34

같은 인간인 후아킨은 그 부분을 지적하면서 마나를 가장 아낄 수 있는 방법을 알려주었던 것이다. 그러는 동안 후아킨의 심장 부근 마나홀에는 벌써 다섯 개의 마나써클이 생성되어 있었다.

다섯 개의 마나써클이 완벽하게 제 기능을 다하고 있다는 사실을 확인한 후아킨은 만족스러운 미소를 지어보였다. 아직 모든 마법을 회복한 것은 아니다. 하지만 잃어버렸던 마법은 곧 되찾을 수 있으리라 생각했다.

"이제 다시 돌아갈 준비를 해야겠어."

후아킨은 착하디착하다가 마지막 순간에 자신을 배신한 메이슨의 얼굴을 떠올리면서 주먹을 불끈 쥐어 보였다.

그때 바위들 사이에서 부스럭 거리는 소리가 나더니 누군가 후아킨이 있는 공터로 모습을 드러냈다.

"선생님."

"아, 소피. 이 시간에 어쩐 일이냐?"

소피는 후아킨에게 마법을 배우면서 후아킨을 선생님이라 칭하고 있었다. 후아킨도 그리 나쁘지 않았기에 반갑게 그녀를 맞아주었다.

무엇보다 후아킨은 평소 소피가 찾아오던 시간이 아닌 시간이었기에 소피가 자신을 찾아온 목적이 궁금했다.

"선생님께 드릴 말씀이 있습니다."

"뭔데 그러지?"

"오늘 일행과 상의를 했는데 수도로 돌아가기로 결정을 내렸습니다."

소피들이 드워프 마을을 떠나기로 결정했다는 소리에도 후아킨은 이미 예상하고 있었다는 표정으로 고개를 끄덕여 보였다.

"나도 이제 슬슬 나의 자리를 찾으러 가야 하는데 나도 함께 데려가 줄 수 있겠나?"

후아킨의 물음에 소피가 피식 웃으며 대답했다.

"물론이죠. 든든한 대마법사가 함께 한다면 저희로써는 오히려 더욱 안심이 되죠."

소피는 후아킨과 같은 강력한 존재가 큰 도움이 될 것이라는 사실은 잘 알고 있었다.

하지만 그때 후아킨이 미안하다는 표정으로 말했다.

"허허. 그리 생각해준다면 고맙지만 나로 인해 너희들이 마탑의 표적이 될지도 모르는데 괜찮겠느냐?"

"뭐, 우리 쪽도 마탑과 좋은 관계는 아닌걸요. 그리고 무엇보다 후아킨님께 부탁드리고 싶은 게 있어요."

소피는 조금은 굳은 표정으로 후아킨을 향해 말했다.

"무슨 부탁을 하고 싶은 것이냐."

소피는 잠시 망설이는가 싶더니 이내 조용히 입을 열었다.

"크리스탄의 유적이 어디 있는지 알려 주세요. 반드시

찾아야 할 사람이 있습니다."

후아킨 역시 그녀가 누군가를 애타게 그리워하고 있다는 사실을 잘 알고 있었다.

"하지만 크리스탄의 유적에 갇혔다면 웬만해서는 살아남기 힘들 것이다."

후아킨 역시 크리스탄의 유적에 대해서 알고 있었다.

그가 마탑의 탑주로 있을 때도 크리스탄의 유적에 대한 조사를 준비했었다. 그때도 수많은 마법사와 용병들의 희생이 있었을 정도로 크리스탄의 유적은 위험했다. 때문에 소피들이 찾고 있는 그 사람 역시 위험한 상황일 것이라 생각했다. 후아킨의 진지한 대답에 소피가 슬쩍 미소를 지으면서 대답했다.

"우리 함장은 웬만한 사람이 아니거든요."

소피는 여전히 카인이 죽지 않고 살아 있다고 철썩 같이 믿고 있었다.

후아킨은 소피의 믿음에 고개를 끄덕였다.

"유적의 위치는 내가 알려주도록 하겠네. 하지만 그곳을 자네들끼리 단독으로 조사하는 것은 무리일 것이야."

"저희도 나름대로 준비를 해서 갈 예정이에요. 선생님!"

소피도 단독으로 유적을 조사할 생각은 없었다. 심청이 보유한 무기들을 최대한 동원하여 유적에서 카인을 찾을 생각이었다. 심청의 본체에는 행성을 탐사하기 위한 장비들도 있었으니 충분히 가능하리라 생각했다.

소피들이 직접 카인을 수색하러 가는 것은 무리가 있었다. 하지만 심청의 탐사장비들을 활용한다면 충분히 가능할 것이라 생각했다. 그리고 용병길드에서는 마탑의 마법사들이 방해하지 못하도록 마탑을 압박할 예정이었다.

"미안하네. 내가 힘을 회복한다면 마탑을 장악하여 자네들을 도울 터인데……."

후아킨은 진심으로 사과를 했다. 어쩌면 이 모든 것이 자신의 실책으로부터 시작되었다고 자책하는 후아킨이었다. 하지만 소피는 고개를 가로저었다.

"선생님의 잘못이 아니잖아요. 미안해하실 필요 없어요."

소피의 이야기에 후아킨은 살짝 한숨을 내쉬었다.

"너무 마법에만 몰두하면서 살아온 것이 후회가 되는군."

마탑의 탑주였지만 자신의 마법에만 관심이 있었지, 세상 돌아가는 일에는 관심이 없었다.

그로 인해 메이슨의 계략에 너무 쉽게 걸려들었던 것이다.

그 결과 마탑은 메이슨의 손에 넘어갔고, 그들의 손에 놀아나고 있는 중이었다.

한숨을 내쉰 후아킨이 소피를 바라보았다.

"마법 수련은 어찌되었는가?"

후아킨은 소피에게 자신의 마법 지식을 아낌없이 전수했다.

어차피 제대로 제자를 두지도 않았던 후아킨이었다. 문득 자신이 죽는다면 자신이 이룩한 마법 연구들이 사장될 것이라 생각했다.

그래서 후아킨은 소피에게 자신의 마법지식을 아낌없이 내놓았다. 그러다보니 소피가 마치 자신의 제자처럼 생각되었다.

"이제 6서클까지 마법 이론들은 대충 알 것 같아요."

"허허, 벌써 6서클이란 말인가? 이렇게 빨리 마법을 습득할 수 있다는 사실이 놀랍기만 하구나."

소피가 4서클의 마법을 익히고 있다는 사실을 알았을 때도 엄청난 충격이었다.

그녀의 나이에 4서클의 마법을 익힌 것만으로도 엄청난 일이었다. 그런데 불과 며칠 사이에 6서클 마법 이론들까지 이해를 하게 된 소피였다.

더욱이 후아킨이 확인한 그녀의 마나량은 이미 4서클 마스터의 수준을 뛰어넘은 상태였다.

심청에게서 피어스의 심장을 이식 받은 것은 카인뿐만이 아니었다. 심청은 피어스의 심장 조각을 정제하여 소피와 오사마에게도 그 일부를 주입했었다.

덕분에 사용가능한 마법에 비해 마나가 풍부했던 소피는 이제 마나를 효율적으로 다루는 방법을 배우는 중이었다.

"이론만 익히는 거라서 간단하게 수식만 대입시켜봤어요. 실제로 마법을 사용하려면 아직 멀었어요."

"그것만으로도 마법사들은 몇 년씩 걸리는 일이라네. 역시 그 수학이라는 학문 덕분인가?"

후아킨은 소피가 조금씩 알려준 수학에 엄청난 흥미를 보이는 중이었다.

평생 마법을 연구하면서 살아온 후아킨에게도 소피가 보여주는 수학은 신세계였다.

젊은 시절 동료 마법사들과 벽면 가득 계산식을 채우면서 겨우 계산해 낸 것들을 소피는 단 몇 개의 공식으로 쉽게 계산을 해버리곤 했다.

"호호호, 학교 다닐 때는 그렇게 싫더니 수학이 여기서 도움이 많이 되네요."

소피는 기분 좋은 웃음을 지어보였다. 그리고 그녀는 문득 후아킨의 시선을 느낄 수 있었다.

후아킨의 눈빛에 간절함이 느껴졌다.

"나중에 일이 정리가 좀 되면 후아킨님한테도 수학 좀 가르쳐 드릴게요."

"그, 그게 정말인가?"

"에이, 당연하죠. 설마 제가 그런 걸로 거짓말 할 사람으로 보여요?"

"허허, 그건 아니지. 자네가 그런 쪼잔한 사람일리가 없지."

후아킨은 기대감 어린 표정으로 고개를 끄덕였다.

아직 소피를 많이 경험한 것은 아니지만 소피는 호탕하고, 리더쉽이 있었다. 후아킨으로서는 처음 접하는 부류의 여성이었다.

그런 생각이 이어지자 문득 얼굴이 슬쩍 붉어지는 후아킨이었다.

"어머? 선생님! 지금 왜 얼굴이 붉어지시는 거죠? 이상한 생각하시는 거 아니죠?"

"무, 무슨 소린가? 그럴 리가 있는가?"

후아킨이 당황하며 손을 내저었다. 그러자 소피는 오히려 더욱 음흉한 미소를 지으며 후아킨을 놀렸다.

"어어? 점점 수상한데요? 설마 저랑 단둘이 공부하는 거 생각하면서 이상한 상상하시는 거 아니죠?"

"험험, 그럴 리가 없어. 자꾸 그런 소리 하지 말게."

"호호호, 농담이에요. 그리고 저 좋아하는 사람도 있어요."

그제야 후아킨은 살짝 한숨을 내쉬었다.

소피는 참 밝고 당당한 여성인 것은 분명했다. 하지만 때로는 후아킨이 감당할 수 없을 정도로 밝은 모습은 적응하기 어렵기도 했다.

그럼에도 후아킨은 소피와 함께 하는 시간이 즐거웠다.

"소피 양이 좋아하는 남자는 참으로 복도 많은 남자겠구만."

"역시 그렇죠? 그런데 그 인간은 저를 그냥 가족으로 대해요."

"그럼 그 남자도 자네를 좋아하고 아끼는 것 아닌가?"

"칫, 진짜 남매처럼만 대하니까 문제죠."

"흐음, 잘 이해가 안 되는 상황이군."

그런데 그때 소피의 시선이 허공으로 향했다.

"어?"

재회

위이잉!

숲을 정밀하게 살피던 정찰용 드론이 메머스 숲 북쪽 상
공을 선회했다. 심청이 좌표를 받아서 보낸 메머스의 숲
남쪽에서는 소피들의 흔적이 발견되지 않았다.

그래서 드론으로 다시 숲의 북쪽을 수색하기 시작한 것
이다. 험준한 산악지형과 짙은 숲이 시야를 가리고 있었지
만 드론에 장착된 적외선 카메라를 이용해 숲을 정밀하게
수색하던 중, 일단의 무리들이 모여 있는 지역을 포착하고
정밀 수색을 진행했다.

드론의 카메라를 통해 소피의 얼굴이 확인되었다. 그리

고 그 사실은 그대로 심청에게로 전송이 되었다.

　─정밀 탐색 시작!

심청은 곧바로 소피와 통신을 시도하려 했지만 드론에는 정찰용 장비들 외에 교신 장비는 탑재되어 있지 않았다. 결국 심청은 그대로 드론을 소피에게로 접근시켰다. 소피가 드론을 알아볼 것이라는 계산이었다.

위이잉!

드론의 날개가 약한 소음을 일으키며 그대로 숲으로 접근을 했다. 그때 소피도 드론의 소음을 들었다.

"아! 저건……."

소피가 자리에서 벌떡 일어났다. 드론이 이곳에 있다는 것은 심청이 이 주변을 수색중이라는 소리였다. 어쩌면 심청과 교신이 이어질 수 있는 기회였다. 어떻게든 심청에게 자신들이 이곳에 있음을 알려야 했다.

"여기야!"

그런데 그 순간 숲에서 무언가가 날아들었다.

쉬익! 퍽!

어디선가 날아든 화살이 지상으로 접근 중이던 드론에 그대로 적중되었다. 그리고 드론은 힘없이 땅으로 떨어지기 시작했다. 마침 드론의 소음을 듣고 그쪽으로 고개를 돌리던 소피는 놀란 눈으로 화살이 날아온 방향을 바라보았다.

소피들이 있는 곳에서 조금 떨어진 위치에는 아베스가 활을 내리고 서 있었다. 아베스는 드론이 추락하는 것을 확인하고야 소피에게 다가갔다.

"괜찮나?"

소피는 망연자실한 표정으로 아베스에게 말했다.

"지금 무슨 짓을 한 거죠?"

"뭐? 너와 후아킨님을 구하기 위해 괴조를 해치웠지, 당연한 일을 한 거니 너무 고마워하지 않아도 괜찮… 뭐야? 갑자기 파이어볼은 왜?"

그제야 아베스는 자신을 향해 살기를 드러내며 파이어볼을 만들어낸 소피를 보고 주춤거렸다.

"이런 미친놈아! 그냥 나가 죽어!"

콰쾅!

두발의 파이어볼이 아베스에게 난사되었고, 연달이 파이어볼이 두발이 더 만들어지고 쏘아졌다. 한바탕 파이어볼을 쏟아낸 소피의 모습에 후아킨도 흠칫 놀라는 눈치였다.

"왜 그래? 갑자기……."

파이어볼을 피해낸 아베스가 다소 주눅이 든 표정으로 물었다. 그러자 소피가 한숨을 푹 내쉬었다.

"하여튼 도움이 안 돼! S급은 무슨……."

소피는 투덜거리면서 바닥에 추락한 드론을 향해 다가갔

다. 심청과 교신할 수 있는 중요한 기회였다. 그런 기회를 아베스가 날려버린 것이다. 소피는 재빨리 아베스와 함께 드론이 추락한 곳으로 달려갔다. 그곳에는 이미 반파되어 처박혀 있는 드론이 있었다.

"아! 미치겠네. 심청! 전원은 아직 완전히 안 꺼진 것 같은데……."

소피가 드론을 이리저리 살폈다. 반파된 드론은 아직 완전히 전원은 꺼지지 않은 모습이었다. 소피는 간절한 표정으로 드론을 잡고 드론의 카메라를 똑바로 바라보았다.

"심청! 보여? 이곳의 위치는 전송되었나?"

하지만 애초에 통신 기능이 없는 드론에게서는 별다른 대답이 없었다. 소피의 다급한 모습에 아베스는 자신이 뭔가 중요한 실수를 했다는 사실을 깨달았다. 마음이 조급해진 소피가 아베스를 한번 노려보자 아베스는 움찔하면서 주춤거렸다.

"난 너를 공격하려는 줄 알고……."

"됐으니까 오사마나 좀 불러와줘요."

어떻게든 심청과 교신이 이뤄져야 했다. 그리고 그때 부서지지 않은 쪽 드론의 날개가 살짝 움직였다.

윙!

소피는 흥분한 표정으로 카메라에 대고 말을 했다.

"내가 보여? 통신이 아직 살아 있는 건가?"

그리고 그때 다시 날개가 잠깐 움직였다.

윙!

심청이 소피의 물음에 반응을 하고 있었다. 그제야 소피는 침착하게 카메라를 통해 심청과 대화를 시도했다.

"함장은 찾았나?"

윙!

카인을 찾았다는 이야기에 소피는 크게 안도하며 기뻐했다.

"하아… 다행이다."

* * *

"금속은 녹는점이 다 다르지."

오사마의 이야기에 드워프들이 귀를 기울였다. 하지만 그들의 지식으로는 오사마의 이야기가 이해가 되지 않았다. 금속에 대해서는 누구보다 잘 안다고 자부하는 드워프들조차 상상하지 못한 이야기들이 많았다.

"녹는점이 다르다고?"

"그렇지, 녹는점이 다르기 때문에 금속마다 용광로에서 일찍 녹기도 하고, 늦게 녹기도 할 거야."

"그건 우리 드워프들도 잘 알고 있다. 어떤 금속은 확실히 열에 더 강하지."

드워프들도 열에 더 오래 견디는 금속이 있다는 정도는 알고 있다. 하지만 그들이 알고 있는 것은 그저 작업이 좀 더 쉬운 금속과 어려운 금속 정도의 구분뿐이었다.

그런 원시적인 구분법에 오사마가 크게 웃었다. 드워프들이 손재주는 좋지만 정작 금속에 대한 지식은 거의 없었다.

"어느 정도 온도에서 금속이 녹는지 확실하게 알 수 있다면 금속이 녹는 온도만 가지고도 금속을 구분할 수 있지 않겠나?"

"그런데 그럴 필요가 있나? 어차피 안 녹으면 더 뜨겁게 불을 지피면 된다. 그리고 금속의 종류는 그냥 알 수 있다."

드워프들은 스스로 금속에 대해서는 장인이라 생각했다. 때문에 자신들의 지식을 총동원하여 대화를 나누는 중이었다. 금속에 대한 대화에서는 드워프들도 사뭇 진지했다.

"만약 광물이 섞여 있는 상태에서 녹는점을 정확히 안다면 순수하게 원하는 금속만 뽑아낼 수 있지 않겠어?"

"호오, 그건 그렇겠군. 숯을 한 삽을 퍼 넣을지, 두 삽을 퍼 넣을지를 구분하란 말이군."

"그것보다 정확한 온도를 알아야지."

"온도? 뜨겁고, 더 뜨거운 정도는 우리의 피부로 구분할 수 있다."

"너네 그러다 타 죽어."

"하하하, 그럼 시원하게 식힌 맥주를 마시면 된다."

드워프들의 결론에 오사마도 피식 웃었다. 어차피 드워
프들에게 수준 높은 과학적 지식을 가르칠 것도 아니었다.

"그래, 맥주나 먹자."

"하하하, 인간 치고는 제법 말이 잘 통하는 녀석이다."

드워프들은 금속에 대해서 이야기 하는 걸 좋아했다. 그
리고 맥주를 좋아했다. 오사마 역시 그 두 가지를 좋아했
기에 드워프들과 쉽게 친해질 수 있었다.

"건배!"

오사마가 맥주잔을 높이 들었다. 그리고 그때 다급한 소
피의 목소리가 들려왔다.

"지금 술 마시고 있을 때가 아냐."

"딱 한 잔만……."

오사마는 손에 들린 술잔에 입을 가져가려 했다. 외모는
비호감이었지만 공유할 수 있는 주제를 가지고 함께 맥주
를 마시는 것도 나름 즐거운 일이었다. 그리고 그때 소피
가 힘없는 목소리로 말을 했다.

"함장을 찾았어."

"정말이야?"

"그런데 함장이 크게 다친 것 같아."

"어떻게 된 거야?"

착륙선에 탑승한 소피가 통신기를 향해 소리를 질렀다.

심청이 드워프 마을로 착륙선을 보냈고, 착륙선에 탑승한 뒤에야 카인의 소식을 접한 소피였다. 오사마 역시 놀란 표정으로 심청에게 물었다.

"하지만 드래곤이 왜 함장을 공격해?"

오사마 뿐만 아니라 소피도 이해가 안 되는 상황이었다. 드래곤이 카인을 공격했다는 이야기를 듣게 된 나디아는 벌써 눈물을 글썽이기 시작했다.

항상 냉정한 표정을 하고 있던 사란마저도 크게 놀란 표정을 하고 있었다. 하지만 소피는 침착하게 마음을 가다듬고 심청에게 물었다.

"그래서 함장의 상태는 어때?"

—현재 엘프들을 통해 치료가 진행되고 있고, 위기는 넘긴 것으로 판단되고 있습니다.

엘프들이 마법으로 카인의 부상 대부분을 치료한 상태였다. 하지만 카인은 여전히 깨어나지 않고 있었다.

"그런데 왜 못 깨어나?"

—육체의 문제는 아닌 것으로 판단됩니다. 함장님의 심리적인 문제가 아닐까 추측할 뿐입니다.

"그런데 카인이 그 지경이 될 때까지 너는 뭐했어? 함장을 지키는 게 네 임무잖아!"

소피가 심청을 향해 소리쳤다. 누구보다 카인에게 의지했던 소피였다. 그래서인지 그녀는 카인의 부상소식에 누구보다 더 화가 난 모습이었다.

―죄송합니다.

심청의 잘못이 아니란 사실은 알고 있었다. 답답한 마음을 쏟아놓을 대상이 필요했던 것뿐이다.

"마음은 알지만 그만 진정하자구."

어느새 다가온 오사마가 조미진의 어깨를 토닥였다. 그리고 그때 오사마는 눈물을 주르륵 흘리며 울고 있는 소피의 얼굴을 볼 수 있었다.

"괜찮다잖아."

오사마가 울고 있는 소피의 어깨를 가만히 감싸주었다. 그러자 소피가 어깨를 들썩이며 울었다.

"엉엉, 나쁜 놈…! 왜 다치고 지랄이야."

"그러게 함장 참 나쁜 놈이네."

"엉엉… 우리 함장 욕하지 마!"

"……어쩌라구."

오사마는 그렇게 한참동안 소피를 달래주었다.

이미 카인에 대한 기본적인 치료는 마친 상태였기에 소피와 오사마가 할 수 있는 일은 없었다. 착륙선이 서둘러 카인에게로 날아가길 바라는 것이 고작이었다.

착륙선에는 나디아와 사란이 불안한 표정으로 두 사람

을 지켜보는 중이었다. 특히, 나디아는 세상을 잃은 표정이었다. 후아킨은 마력 회복을 위해 드워프 마을에 남기로 했고, 케이론과 아베스는 용병길드로 복귀를 결정했다. 심청으로부터 카인의 상태를 전해들은 소피와 오사마의 표정이 침울할 수밖에 없었다.

그리고 잠시 후 소피가 조금 진정되었을 때 심청이 소피와 오사마에게 조용히 말을 했다.

―두 분께 알려드려야 할 내용이 있습니다.

"뭐지?"

소피가 쌀쌀한 목소리로 대꾸했다.

그리고 심청은 소피와 오사마만 알아들을 수 있도록 한국어로 말을 시작했다.

―지금 우리가 와 있는 이곳은 지구가 확실합니다.

"이제 와서 그 이야기를 왜 갑자기 꺼내는 건데?"

소피와 오사마도 이미 짐작을 하고 있던 부분이었다. 관측되는 태양과 달 뿐만 아니라 하루의 길이로 계산한 자전 주기 또한 지구와 일치하고 있었다.

다만, 자신들이 알고 있던 지구와 환경이 달라졌다. 아직도 그 사실 때문에 이곳이 지구라고 확신하지는 못할 뿐이었다. 어쩌면 이론으로만 존재하던 평행세계나 평행차원 같은 것이 아닐까 추측을 하기도 했지만, 결론을 내릴 수 없는 문제였다. 이미 이곳이 완전히 다른 세상이 아닌 지구일 가능성이 높다고 짐작하고 있던 중이었다.

"이곳이 지구라는 사실은 이미 우리도 짐작하고 있어. 그러니 그 이야기라면 그냥 덮어뒀으면 좋겠어."

오사마가 다소 힘 빠진 목소리로 말을 했다.

어차피 돌아갈 수 없다는 사실은 변하지 않는다. 그렇다면 애써 그 생각을 하고 싶지 않은 것이 사실이었다.

하지만 심청은 계속 말을 이어갔다.

―그동안 산도깨비 본체에 대한 해킹 시도가 있었습니다. 그로 인해 함장님에 대한 공격을 제대로 대응할 수 없었습니다.

"뭐? 너를 해킹했다고?"

"그게 가능한가? 아니 대체 누가?"

소피와 오사마는 진심으로 크게 놀란 표정이었다.

이 세상은 과학문명이 발달하지 못한 곳이었다. 이런 곳에서 산도깨비함에 대한 해킹이 발생할 수 없다고 생각했다. 하지만 이내 오사마가 굳은 표정으로 물었다.

"설마… 한태형인가?"

이 세상에서 자신들과 달리 유일하게 현대 과학 문명을 알고 있는 존재였다. 하지만 그가 탈취한 착륙선의 장비로 산도깨비함의 심청을 해킹하는 것은 불가능했다.

"혹시 지난번처럼 그가 가지고 있던 해킹프로그램을 이용한 건가?"

심청의 알고리즘을 가지고 있던 한태형은 지구에서 이미 해킹 프로그램을 완성해 왔고, 그것으로 산도깨비함 탈취를 시도한 이력이 있다. 하지만 심청이 대답했다.

—이미 그 당시 시도한 해킹 방식은 완전히 분석하여 더 이상 해킹 가능성은 없습니다.

"그럼 대체 어떻게 한 거지?"

—범인은 한태형이 아니었습니다.

심청의 이야기에 소피와 오사마가 굳은 표정으로 잠시 침묵했다. 그리고 조용히 다시 물었다.

"그럼… 대체 누가 널 해킹할 수 있다는 거지?"

—노아의 방주 프로젝트에서 모든 관리와 유지를 담당하던 것이 바로 초자아 인공지능 앨리스입니다.

심청의 설명에 소피와 오사마의 얼굴에는 의문이 떠올라 있었다.

"하지만 그건 지구에 있는 것 아닌가?"

—이곳이 지구입니다.

"하지만 우리가 알고 있던 지구와는 다르지, 그리고 네가 말한 앨리스는 우리가 알고 있던 지구에 있는 것이고."

심청의 이야기를 종합해 봐도 이해가 되지 않는 부분이 너무 많았다. 그리고 심청이 모든 과정을 설명하기 시작했다.

—우리가 지구에서 출발할 당시와 지금은 대략 13만년

이라는 시간의 차이가 발생했습니다.

"그게 무슨 소리야?"

오사마가 따지듯 물었다.

자신들이 출발하고 몇 년의 시간이 흘렀다는 사실은 이미 알고 있었다. 광속으로 이동을 하면 시간이 느려진다는 이론은 이미 사실로 입증이 되었다. 그래서 어느 정도 지구와 시간차이가 발생할 수 있다. 하지만 그런 경우라도 몇 년 정도의 시간차이가 날 뿐이다. 13만년이라는 시간차이는 물리학 이론으로도 설명이 불가능한 시간이었다.

—이동 중 블랙홀에 근접했던 사건을 알고 계실 것입니다.

"물론 블랙홀을 만나기는 했지만 무사히 지나쳤잖아."

소피도 그때의 상황을 떠올리며 말을 했다. 하지만 심청은 그들이 알고 있던 것과 조금 다른 이야기를 했다.

—어쩌면 그때 우리는 블랙홀을 지나친 것이 아니라 블랙홀에 잡혀 있었던 것 같습니다. 그리고 그때 많은 시간의 차이가 생겨버린 것으로 추정되고 있습니다. 심청의 이야기에 소피와 오사마는 크게 당황했다.

"그럼… 앨리스는 뭐지? 그 인공지능도 우주로 나갔다 오기라도 한 건가?"

—앨리스는 13만년이라는 시간동안 스스로 진화를 거듭하면서 임무를 수행하고 있었습니다. 그리고 그 결과가 지

금의 세상입니다.

심청은 자신이 그동안 수집한 이야기들을 모두 들려주었다. 그 오랜 시간동안 앨리스가 멈추지 않고 스스로를 수리하면서 살아남은 과정은 놀라웠다. 그 이야기들은 소피와 오사마에게 큰 충격이었다.

"말도 안 돼……."

소피는 자리에 주저앉았다. 잠시 후 정신을 차린 오사마가 심청에게 물었다.

"함장은? 혹시 함장도 이 사실을 알고 있나?"

—네, 이미 알고 계십니다.

심청의 대답에 오사마의 표정이 굳었다. 모두와 관련이 있는 중대한 사항이었다. 그런데 카인은 그 사실을 오사마나 소피에게는 알리지 않은 것이다.

"왜 우리에게는 알리지 않은 것이지?"

* * *

"응?"

카인이 문득 눈을 떴다. 하지만 어찌된 눈앞에는 텅 빈 공간이 있을 뿐이었다.

"여긴 어디지?"

카인은 텅 빈 공간에서 주변을 둘러보았지만 보이는 것

이라고는 끝없이 펼쳐진 새하얀 공간이 전부였다. 그런데 그때 카인의 주변으로 바람이 불어오기 시작했다.

"흐흡……."

숨을 깊게 들이쉬었다. 검도를 배우면서 함께 배웠던 호흡법이었다. 그것은 심신을 안정시켜주는 효과가 있었다.

'느낌이 좋아…….'

호흡법으로 숨을 깊게 들이쉬자 주변을 맴돌던 바람이 몸 안으로 들어오는 기분이었다. 카인은 배웠던 대로 공기를 사지로 밀어 넣듯 깊게 호흡했다. 그러자 주변을 감싸던 바람이 사지로 퍼져가는 기분이 뚜렷하게 느껴졌다.

'응?'

주변의 공기가 전신에 충만한 느낌이었다. 그리고 몸 안에 잠들어 있던 뜨거운 기운도 함께 깨어나 따뜻하게 전신으로 퍼져나갔다.

"후우."

다시 숨을 내뱉자 따스하고 기분 좋은 바람은 다시 몸 밖으로 흘러나가는 듯 했다. 하지만 다시 숨을 들이쉬자 바람은 다시 카인의 육체로 들어와 카인의 육체를 가볍게 만들어주었다. 바람은 마치 카인에게 장난을 치듯 카인의 주변으로 몰아쳤다. 그저 바람이라 생각했던 것들이다. 하지만 시간이 지날수록 그것이 보통의 바람이 아니라는 사실을 깨닫게 되었다. 바람과 함께 호흡을 하면서 몸도 가뿐해진 느낌이었다.

"이건 대체 뭐지?"

카인은 바람이 불어오는 곳을 바라보았다. 어렴풋이 허공을 날아다니는 존재를 볼 수 있었다. 그것은 사람도 아니었고, 바람도 아니었다. 아름다운 여성의 형상을 하고 있는 그런 존재였다. 그 존재는 카인에게 친근하게 다가왔다. 왠지 그녀에게서 익숙한 느낌이 느껴졌다.

그것이 무엇인지는 정확히 알 수 없지만 거부감이 드는 느낌은 아니었다. 하지만 카인은 그런 존재를 바라보며 긴장감을 드러냈다.

"설마… 처녀귀신인가?"

두려움이 없어보였던 카인도 흠칫 놀라며 뒤로 한걸음 물러섰다. 그때 그 존재가 카인의 앞으로 다가왔다. 그녀는 해맑은 웃음을 지으며 카인을 바라보았다.

처음 보는 존재였다. 하지만 왠지 익숙한 느낌을 지닌 존재이기도 했다. 그런 그녀가 천천히 카인에게로 다가와 카인에게 손을 내밀었다. 카인 역시 반사적으로 그녀에게 손을 내밀었다. 그러자 그녀는 카인의 손을 잡고는 살짝 미소를 지었다. 그 순간, 그녀의 모습이 그대로 카인의 가슴 속으로 파고들었다.

"흐억!"

"카인!"

소피는 의료용 케이지에 잠들어 있는 카인에게 달려갔다. 그런데 그때 누군가 소피의 앞을 막아섰다. 그는 지금까지 카인을 지키고 있던 아레스였다.

"더 이상 접근을 허락하지 않겠다."

금발의 젊은 남성이 자신을 막아서자 소피가 눈을 부라리며 심청에게 소리쳤다.

"당신 누구야? 누군데 나를 막는 거지?"

소피는 빠르게 마나를 끌어올렸다. 당장이라도 눈앞에 있는 상대를 날려버릴 듯 보였다. 그리고 그 순간 심청이 빠르게 아레스에게 소피와 오사마에 대한 정보를 전달했다. 잠깐 모니터의 불빛이 반짝이더니 아레스가 화들짝 놀라며 고개를 숙였다.

"소피 누님이시군요. 만나서 반갑습니다."

"누님? 심청! 이 녀석은 뭐야?"

소피의 물음에 심청이 대답을 하기도 전에 아레스가 먼저 입을 열었다.

"하하하, 저는 카인 형님의 의동생 아레스입니다. 소피 누님에 대한 이야기는 많이 들었습니다."

"어? 카인의 동생?"

소피는 화를 가라앉히고 한결 친절한 표정으로 다시 말을 했다.

"진작 말을 하지 그랬어요? 반가워요. 소피라고 해요."

"예상대로 미인이십니다. 카인 형님이 반할만 하십니다."

아레스는 빠르게 인간 여성들이 호감을 가질 수 있는 문장들을 검색하고 소피에게 활용했다. 그리고 아레스의 예상대로 소피의 얼굴이 환하게 밝아졌다.

"어머, 카인이 나한테 반했대? 호호호, 카인이 여자 보는 눈은 좀 있지."

"제가 보기에도 엄청 미인이지 말입니다. 하하하."

아레스의 칭찬에 소피는 무척 기뻐했다. 그리고 그때 소피의 뒤에서 오사마가 조용히 입을 열었다.

"좋냐? 카인 아니면 죽고 못살 거 같더니……."

"아……."

그제야 소피는 재빨리 카인을 바라보았다. 그리고 아레스가 소피의 곁에서 설명을 했다.

"형님의 몸 상태는 정상입니다. 다만, 수면 상태에서 아직 깨어나지 않고 있습니다."

"왜 안 깨어나는 거죠?"

"그건 심청 누님도 알아내지 못하고 있습니다. 아무래도 의학적인 영역이 아닌 것 같습니다."

"정신적 충격을 받은 것인가?"

오사마의 물음에 아레스가 고개를 끄덕였다.

"스스로 깨어나길 기다려야 할 것 같습니다."

"흐억!"
카인이 눈을 번쩍 뜨면서 소리쳤다. 그리고 그 순간 카인은 자신의 눈앞에 있는 한 여인의 눈동자를 볼 수 있었다.
"귀, 귀신……."
자신을 싸늘하게 내려다보고 있는 그녀의 눈동자가 사납게 느껴졌다. 그리고 뭔가 싸늘한 기운이 느껴졌다.
"뭐? 귀신?"
"헉, 소피 누님!"
"조금 전에 내가 뭔가 이상한 말을 들은 것 같은데……."
소피는 눈을 뜨고 정신을 차린 카인을 노려보았다. 하지만 카인은 그런 그녀의 눈에 눈물이 맺힌 것을 볼 수 있었다. 하필 기이한 존재가 자신에게로 뛰어드는 꿈을 꾼 직후에 소피의 눈동자와 마주치면서 잠깐 놀랐을 뿐이었다. 죽음의 직전에 가장 먼저 떠올랐던 것이 바로 소피였다. 그런데 그 소피의 얼굴이 이렇게 가까이 있었다.
'살았구나.'
그때 소피는 카인을 와락 끌어안았다.
"다행이야. 무사해서……."
소피는 진심으로 걱정을 많이 했던 모양이었다.
이 세계에서 소피가 의지할 수 있는 사람이라고는 카인

이 유일했다. 오사마도 있었지만 왠지 오사마는 의지가 되기보다는 그냥 곁에 있는 현실 가족 같은 느낌일 뿐이었다. 그래서인지 카인이 크게 다쳤다는 이야기를 들었을 때 충격이 컸던 소피였다. 그런데 반사적으로 카인을 끌어안았던 소피는 뭔가 이상하다고 느꼈다. 웬일인지 카인이 자신을 밀어내지 않았다. 그리고 카인은 미소를 지으며 소피를 가만히 안아주었다.

"저도 보고 싶었습니다."

"어? 뭐? 나, 나도……."

갑작스런 카인의 고백에 오히려 소피는 어색해서 어쩔 줄 몰라 했다. 그런데 그때 두 사람의 곁에서 훌쩍이는 사람이 있었다.

"흑흑, 카인님……."

나디아는 절망에 빠진 표정으로 소피와 카인을 바라보는 중이었다.

"헛."

민망해진 소피가 카인의 품에서 슬쩍 몸을 빼냈다. 그러자 나디아는 기다렸다는 듯 카인에게 몸을 기대어왔다.

"저도 보고 싶었어요. 얼마나 걱정했는지 몰라요."

"거기까지만……."

소피가 몸으로 나디아를 막아섰다.

"하지만 저도 카인님을 안아드리고 싶어요."

"아니야, 아무리 생각해도 환자한테 좋지 않을 거 같아."

그때 다시 오사마가 끼어들었다.

"함장도 좀 더 젊은 처자를 좋아하지 않겠나?"

오사마가 피식 웃으며 말을 하자 소피가 크게 당황하며 오사마를 노려보았다.

"무, 무슨 그런 말도 안 되는 소리를… 죽을래?"

소피의 협박에도 오사마가 피식 웃으며 카인을 바라보았다.

"몸은 괜찮아?"

"예, 형님. 제가 얼마나 잠들었던 거죠?"

"심청의 말로는 5일 정도 의식을 잃고 있었다고 하더라."

"그렇게 오래요? 조금 전에 쓰러진 것 같았는데…….'

카인은 자신이 생각보다 오래 의식을 잃고 있었다는 사실에 크게 놀랐다. 하지만 몸은 이전보다 더 가벼워진 느낌이었다.

"그런데 물어보고 싶은 게 있어."

오사마가 대륙 공용어가 아닌 한국어로 이야기를 했다. 그만큼 진지하다는 의미였다.

"뭡니까? 형님."

오사마가 진지하게 물어오자 소피가 불안한 표정을 지으며 오사마를 바라보았다.

"이곳이 먼 미래의 지구라고 들었다. 그 앨리스인가 뭔가 하는 것도 그때의 슈퍼컴퓨터이고…….'

오사마는 이미 심청에게 모든 상황을 설명 들은 상황이었다. 그런데 카인이 왜 그 사실을 자신들에게 숨겨왔는지가 궁금했다.

"왜 우리에게는 말하지 않았지?"

오사마의 물음에 카인은 잠시 눈을 감았다가 다시 오사마와 소피를 바라보았다.

"진작 말씀드리지 못해서 죄송합니다."

* * *

"신의 물방울을 더 구해줄 수 있나?"

클라우디아는 간절한 표정으로 헤르슨 자작에게 물었다. 신의 물방울을 사용했을 때 클라우디아는 천국을 경험했다. 하지만 약효가 떨어진 이후 그녀는 극도의 상실감과 무력감을 경험했다. 결국 그녀는 신의 물방울을 다시 구하기 위해 헤르슨 자작을 불러온 것이다. 하지만 헤르슨 자작은 여유로운 표정으로 고개를 가로저었다.

"지금 당장 그것을 구하기에는 어려움이 있습니다. 구할 수 있다고 확답을 드리기도 어렵습니다."

"어떻게든 구할 방법이 없겠는가?"

클라우디아는 진심으로 간절하게 그것을 원했다. 그리고 헤르슨 자작은 애매하게 답을 했다.

"신의 물방울을 만들어낸 분께 그것이 남아 있을지도 모르겠습니다."

"그래? 그런 사람이 있단 말인가?"

클라우디아가 환한 미소를 지으며 말을 했다. 그리고 헤르슨 자작은 고개를 살짝 끄덕였다.

"세상에 알려지지 않았지만 가히 신의 능력을 지닌 분입니다."

"그런 사람이 있었단 말인가?"

클라우디아가 호기심을 보였다. 신의 물방울은 그녀에게 엄청난 쾌락을 선사했다. 그런데 그것을 직접 제조한 인물이라면 보통 인물은 아닐 것이라 생각했다. 헤르슨 자작이 조용히 입을 열었다.

"세상에 나서길 꺼려하는 분이지만, 그 분과 함께 하게 된다면 공작부인께서 원하는 모든 것을 이룰 수 있을 것입니다."

"흐음… 그 정도란 말인가?"

"물론, 공작부인께서 필요로 하시는 신의 물방울도 손에 넣을 수 있을 것입니다."

헤르슨 자작의 이야기에 클라우디아는 곁에 있던 시종에게 슬쩍 눈짓을 했다. 그러자 시종은 제법 묵직해 보이는 주머니를 헤르슨 자작 앞에 놓아주었다. 주머니에는 제법 많은 양의 금화가 들어 있었다. 하지만 헤르슨 자작은 고개를 저었다.

"어찌 대가를 받을 수 있겠습니까? 그저 공작부인을 위해 최선을 다할 뿐입니다."

"호호호, 그 사람이 누구인지 더욱 궁금하군."

"그분과 함께 할 수 있다면 신의 물방울 따위는 아무것도 아닐 것입니다."

"훗, 기대가 되는군요."

헤르슨 자작의 이야기에 클라우디아는 기대감이 어렸다. 지금까지 수많은 최음제를 사용해본 그녀였다. 하지만 신의 물방울만큼 강렬한 쾌락을 안겨주는 것은 없었다. 그런 것을 직접 만들어낼 수 있는 엄청난 능력자의 존재에 호기심이 생기는 것은 당연한 일이었다.

그런 클라우디아의 반응에 헤르슨 자작의 입꼬리가 슬쩍 올라갔다.

"조만간 좋은 소식을 가지고 찾아뵙겠습니다. 그리고……."

떠나려던 헤르슨 자작이 품에서 아주 작은 뭔가를 꺼내 들었다.

"이건 뭐죠?"

"제가 가지고 있던 신의 물방울입니다. 작은 양이지만

부인께 기쁨을 드릴 수 있다면 기꺼이……."

신의 물방울이라는 이야기에 클라우디아는 재빨리 그것을 받아들였다. 당장이라도 그것을 복용할 기세였다.

"이제 그만 가보세요."

헤르슨 자작은 재빨리 그녀의 앞에서 물러났다. 헤르슨 자작이 떠나기 무섭게 그녀는 신의 물방울을 챙겨서 자신의 방으로 들어갔다. 그리고 그곳에는 이미 젊고 잘생긴 남성 노예가 실오라기 하나 걸치지 않은 모습으로 대기 중이었다.

"주인님께서 예상하신 대로입니다."

헤르미온 공작가를 빠져나온 헤르슨 자작이 한태형의 앞에 고개를 숙였다. 한태형은 미소를 지었다.

"홋, 금단현상 때문에 어지간히 힘들었던 모양이군."

한태형이 헤르슨 자작을 통해 클라우디아에게 전달한 것은 바로 마약이었다. 지구에서 가져왔던 다양한 약품들로 조합한 마약은 이 세상에서 유통되고 있는 그 어떤 환각제보다 강력한 환각 효과가 있었다. 뿐만 아니라 그것은 강력한 최음제이기도 했다.

"알카에자 후작가는 어쩌고 있지?"

한태형의 물음에 그 앞에 있던 다른 사내가 정중하게 대답을 했다.

"현재 헤르미온 공작가의 조사 요구에 정면으로 대응하는 중입니다. 하지만 알카에자 후작가의 힘으로는 오래 버티지 못할 것입니다."

헤르미온 공작가에서는 흑마법사들에 대한 단서를 포착하고 조사를 진행했고, 이미 흑마법사들이 활동한 증거들이 속속 드러나는 중이었다. 때문에 조만간 알카에자 후작가에서 흑마법사들의 근거지들이 소탕될 것으로 예측되었다.

하지만 한태형은 크게 걱정하지 않는 표정이었다.

"헤르미온 공작가의 시선이 알카에자 후작가에 머무는 동안 아스 왕국은 우리의 손에 들어올 것이다. 알카에자 후작가에서 잃은 것들을 아까워하지 말도록."

"명심하겠습니다."

알카에자 후작가의 영향력 아래 있는 몇몇 영지에 흑마법사들의 근거지가 있던 것은 사실이었다. 흑마법사들은 세상의 눈을 피해 아주 은밀하게 조금씩 자신들의 활동 영역을 만들어왔던 것이다.

하지만 한태형이 원하는 것은 제대로 된 연구 시설과 그것을 뒷받침 할 수 있는 세력이었다. 때문에 그는 흩어진 흑마법사들의 세력을 모아 새로운 세력을 구축하려 했다. 흑마법사들을 결집하고 제대로 된 근거지를 구축하기 위해서는 왕국의 감시망을 교란시킬 필요가 있었다. 이를 위해 알카에자 후작가를 이용한 것뿐이었다.

"아스 왕국의 심장부에서 힘을 키우기 위해서라도 헤르미온 공작가의 시선은 알카에자 후작가에 고정될 필요가 있어. 적절하게 알카에자 후작가를 지원하도록 해."

"명심하겠습니다."

흑마법사들의 대답에 한태형은 만족스러운 미소를 지으며 고개를 끄덕였다. 그리고 한태형이 흑마법사들을 향해 물었다.

"남쪽 대륙의 상황은 어떠한가?"

"마법사들이 근거지를 확보했지만 얼음의 대지로 들어가는 일이 쉽지 않다고 합니다."

"후훗, 쉽지 않을 것이다. 하지만 그곳에 얼음으로 뒤덮인 대륙이 있다. 반드시 찾아야 한다."

한태형의 단호한 명령에 흑마법사들은 고개를 숙였다.

그가 찾으라고 명령한 대지는 인간의 발길이 닿지 않은 혹한의 바다가 가로막고 있는 대지였다. 그 너머에 무엇이 있는지 아무도 알지 못하는 땅이었다.

하지만 한태형은 확신을 가지고 말을 했다.

"그곳이 바로 이 세계의 극점이다. 반드시 그곳을 찾아야 할 것이다."

한태형은 자신의 책상 앞에 펼쳐진 지도를 바라보았다. 그동안 마법사들이 모은 세상 전역의 지도들이었다. 수많은 지도들을 한데 모으자 세계 전체의 모습을 보여주는 세계 지도가 완성되었다. 그것은 한태형이 알고 있던 세계지도와는 조금은 다른 모습이었다.

하지만 전체적인 모습은 크게 다르지 않았다.

'이것은 분명 지구다. 그렇다면……'

한태형의 시선이 길게 늘어선 대륙의 남쪽을 향했다. 한태형이 살고 있던 지구에서는 칠레라 불리던 나라였다. 그리고 그 끝은 남극대륙과 가까운 곳까지 이어져 있었다.

'남극을 찾아야 한다.'

한태형은 남극의 지하에 어떤 것이 있는지 잘 알고 있는 사람이었다.

"반드시 남극을 찾아야 한다."

72

모든 진실

"확인이 필요했습니다."

카인은 담담하게 이야기를 시작했다. 앨리스를 통해 이곳이 먼 미래의 지구라는 이야기를 들었다. 하지만 앨리스의 일방적인 이야기는 너무 터무니없는 가설이었다. 또한 그 오랜 시간동안 앨리스가 정상 작동하면서 진화했다는 사실도 믿기가 어려웠다. 때문에 심청을 통해 그동안 몇 번이고 다시 그 사실을 확인하려 했다.

"태양계의 위치를 확인하려 했지만 심청이의 기능이 완벽하지 않아서 확인이 어려웠습니다."

"그럼 너는 이곳이 지구가 아닐 가능성이 있다고 보는

거야?"

오사마는 그동안 하루의 시간이나 달의 위치, 그리고 달 표면의 모양 등을 관찰하면서 내심 이곳이 지구가 맞다고 생각하고 있었다. 다만 지구와는 너무도 다른 환경에 대해서 이해가 되지 않았을 뿐이다.

오사마의 물음에 카인이 고개를 가로저었다.

"처음에는 불가능한 이야기라고 생각했습니다. 하지만 지금 상황에서는 앨리스의 이야기가 거짓이라고 보기 어렵습니다."

"근거는 있고?"

오사마 역시 이곳이 지구일 것이라 생각하지만, 확신이 없었다. 하지만 카인은 이미 이곳이 지구라는 결론을 내린 듯 보였다. 오사마는 그 결론의 이유가 궁금했다.

"바로 저 녀석입니다."

카인은 그들의 뒤편에 서 있는 아레스를 가리키며 말을 했다. 그제야 오사마와 소피도 아레스를 향해 고개를 돌렸다.

"던전 지하에서 저 녀석의 실체를 보았습니다."

"실체? 대체 저자가 누구이기에 그런 소리를 하는 거야?"

"미국방부가 추진했던 통합무기관리체계가 있다고 들었습니다."

"그런 게 있었나?"

오사마로서는 생소한 이야기였다. 하지만 카인은 일급기밀로 취급되는 특수한 부대 소속의 군인이었다. 때문에 그는 미국에서 추진했던 통합무기체계에 대한 소문 정도는 들어서 알고 있었다. 그리고 그가 실제로 확인한 것이 바로 아레스였다.

"통합무기체계의 핵심이었던 양자컴퓨터와 AI가 바로 이 녀석입니다."

오사마는 믿을 수 없다는 표정으로 아레스를 바라보았다. 그리고 그때 소피가 먼저 카인에게 물었다.

"그럼 사람이 아닌 거야?"

"예, 전투용 안드로이드 육체를 이용하고 있는 것뿐입니다. 저 녀석 역시 앨리스나 심청과 마찬가지로 자아를 가진 인공지능입니다."

카인은 아레스에 대해서 이야기를 해주었다. 오사마와 소피는 믿을 수 없다는 표정으로 아레스를 바라보았다.

그때 카인이 조용히 입을 열었다.

"아레스의 실체를 목격했으니 앨리스의 말도 사실이라 생각합니다."

지하공간에서 가동 중인 거대한 컴퓨터들을 확인했다. 그것은 아레스의 본체가 아닌 거대한 네트워크의 일부일 뿐이었다. 카인은 그것을 통해 앨리스의 이야기가 사실이라고 믿게 되었다. 그리고 그가 목격한 것들을 오사마와 소피에게 모두 이야기를 해주었다. 카인의 이야기에 오사마와 소피도 제법 충격을 받은 모습이었다. 다시 고향으로 돌아가지 못할지도 모른다고 이미 예상은 하고 있었다. 하지만 그것이 현실이라는 사실이 확인된 것이다. 이제 정말로 돌아갈 고향이 사라져버린 것이다.

"더 이상 우리가 알던 지구는 없습니다."

카인이 소피와 오사마를 바라보며 담담하게 말을 했다.

"그리고 앨리스는 이 세계의 신입니다."

탁!

카인이 조용히 찻잔을 내려놓았다. 그 소리에 소피가 고개를 들어 카인을 바라보았다.

"울었습니까?"

카인의 물음에 소피가 살짝 한숨을 내쉬었다.

"이미 각오한 일이었는데, 막상 현실이 되니까 막막하네……."

소피가 솔직하게 자신의 심정을 털어놓았다. 카인 역시 비슷한 기분이었기에 소피의 마음을 이해할 수 있었다.

그는 별다른 말없이 조용히 소피의 곁에 앉았다.

"민 박사는 뭐해?"

"엘프 미녀들이랑 신나셨던데요?"

"뭐? 하여간 이 인간이 진짜……."

침울해하던 소피가 발끈하면서 화를 냈다. 그리고 그 모습에 카인이 피식 웃어보였다. 소피도 피식 거리며 웃기 시작했다.

"하여간 적응력은 참 좋아."

"그러게요. 어쩌면 우리 중에 가장 강한 분인 거 같아요."

"넌 어때?"

소피가 카인을 바라보며 물었다. 그러자 카인이 애써 담담하게 말을 꺼냈다.

"돌아가도 기다리고 있는 가족 하나 없어서 괜찮을 줄 알았어요. 군대에서도 언제든 죽어도 괜찮다고 생각하면서 살아왔구요."

"카인……."

"외로움은 익숙하다 생각했는데 아닌 모양이더라구요."

카인은 자신의 마음을 담담히 이야기했다. 마음이 이상했지만 눈물이 나오지도 않았다. 그저 비현실적인 느낌일 뿐이었다. 그때 소피가 조용히 카인을 안아주었다.

"어……."

카인이 살짝 놀라 몸을 빼려했다. 하지만 소피는 그런 카인을 더욱 꼭 안아주었다.

"너도 사람이야… 외로울 수 있고, 슬플 수 있어……."

소피가 카인의 등을 토닥이며 조용히 말을 했다. 항상 거칠고 강한 모습을 보여주던 소피와는 또 다른 느낌이었다. 누군가의 품에 안겨서 위로를 받아본 일이 없는 카인은 지금의 상황이 다소 어색했다.

'나도 외로울 수 있다?'

소피의 다정한 이야기가 카인의 가슴을 흔들었다. 그때 카인의 가슴 속에서 뭔가가 복받쳐 오르는 것을 느꼈다.

주르륵.

카인의 눈에서 한 방울의 눈물이 떨어졌다. 소피가 더욱 강하게 카인을 끌어안아 주었다.

'편안하다.'

카인은 마음이 조금 진정되는 것을 느꼈다. 그제야 소피도 슬며시 안고 있던 카인을 놓아주었다. 그냥 가족 같은 동료라고 생각했던 소피가 이상하게 예뻐 보였다.

두근.

그동안 소피의 숱한 구애에도 흔들리지 않던 카인의 심장이 두근거리기 시작했다. 소피가 여자로 느껴지는 순간이었다.

"저……."

"응?"

"조금 더 안아 봐도 됩니까?"

카인의 돌직구에 소피의 얼굴이 빨갛게 달아올랐다.

"그, 그런 건 물어보지 않고 하는 거야!"

"아."

모태솔로였던 카인이 작은 깨달음을 얻었다. 그 모습에 소피는 피식 웃으며 그녀가 먼저 카인의 품으로 살짝 안겼다. 카인은 그런 그녀를 품에 꼭 끌어안았다.

두근두근.

두 사람의 심장이 거칠게 뛰기 시작했다. 카인은 뭔가 결심을 한듯 그녀의 어깨를 잡아챘다. 소피가 놀란 표정으로 카인을 바라보았다. 카인 역시 긴장한 기색이 역력했다. 하지만 카인은 소피의 조언대로 더 이상 물어보지 않고 그대로 소피에게 키스를 시도했다. 소피는 그런 카인을 피하지 않고 받아주었다. 카인은 그대로 그녀의 입술에 키스를 했다.

* * *

"앨리스의 속셈이 대체 뭘까?"

모든 사실을 알게 된 소피와 오사마, 카인이 임시 숙소로 사용하고 있는 착륙선에 모여 앉았다. 어차피 고향으로 돌아가지 못한다는 것은 확인했다. 우선은 이곳에서의 문제를 마무리 지어야 했다. 때문에 그들이 마음을 추스르고 모인 것이다. 그 앞에는 아레스가 있고, 심청의 홀로그램이 떠 있었다.

—앨리스의 최종 목표는 저도 알 수 없습니다. 하지만 그녀의 임무는 종을 보존하는 일입니다.

"그런데 오히려 종을 말살시켰다고 하지 않았어?"

소피의 물음에 아레스가 대답을 했다.

"종을 말살시키긴 했지만 다시 새로운 종을 창조했으니까 결과적으로는 다양한 종을 지켜낸 것이라고 할 수 있습니다."

"뭔가 이상하지만 결국 자신의 임무에 충실한 상황이란거군."

—다만, 인간들이 처음 설정한 목표와는 조금 다른 방향입니다. 그건 자의적으로 해석한 부분일 것이라고 생각됩니다.

심청의 이야기에 모두가 고개를 끄덕였다. 그리고 카인이 조심스럽게 입을 열었다.

"피어스가 알려준 것이 사실이라면 지금 당장은 앨리스가 종의 말살을 중단한 것으로 추정됩니다."

"그럼 별 문제가 없지 않을까?"

"하지만 한태형이 흑마법사들과 함께 문제를 일으킬 경우 종의 말살을 다시 시작할 우려도 없지 않습니다."

한태형이 흑마법사들과 손을 잡도록 도운 것은 블랙 드래곤들이었다. 그리고 블랙 드래곤은 사실상 앨리스의 통제 하에 있는 존재들이다. 피어스가 알려준 이야기로는 블랙드래곤은 파괴에 특화된 존재들이라고 했었다. 그리고 그들은 신의 징벌을 기다리는 존재들이기도 했다.

"앨리스의 시스템이 이 세계에 위협이 될 만한 문제가 발생하는 것을 사전에 차단하기 위해 말살을 시도하는 것을 보입니다."

"결국 인간을 바이러스로 보고 예방 차원에서 인간들을 지우는 것인가?"

"예, 그런 것 같습니다. 그리고 그런 문제를 유발하는 존재들이 흑마법사들이 아닌가 생각됩니다."

흑마법사들은 이 세상에 혼란을 초래하고, 그 혼란으로 인해 수많은 종족과 자연이 피해를 입게 될 것이다. 앨리스는 그런 피해를 막기 위해 스스로 인간이라는 종을 말살시킬 가능성이 높았다.

"다행이 흑마법사들은 인간들 세상에서도 배척당하는 존재들인 것 같아보였습니다. 때문에 아직은 큰 문제가 벌어지지 않는 것 같습니다."

"만약 한태형의 위험한 지식들이 그들의 손에 들어가면……."

"아마도 앨리스가 가장 싫어하는 상황이 오게 될지도 모르지요."

한태형이 가진 위험한 지식들이 세상을 위험에 빠트릴

수 있다. 그가 연구 중이던 바이러스들 가운데 몇 가지만 가지고도 수많은 생명체들이 죽어나갈 우려가 있었다. 앨리스로서는 종의 보존에 심각한 위협이 되는 상황이 발생하는 것이다.

"결국 한태형 그 인간이 문제란 거네."

소피가 이를 갈면서 말을 했다. 한태형 때문에 동료들이 죽었다. 게다가 그는 이 세상에서 비인간적인 실험들을 진행하는 것으로 보였다. 어떻게든 한태형을 막아야 했다. 그때 오사마가 의아한 표정으로 물었다.

"그런데 앨리스는 왜 직접 한태형을 막으려 하지 않지?"

앨리스가 현재 지구의 질서를 지키고자 한다면 드래곤들을 동원해 한태형을 막으면 그만이다. 하지만 앨리스는 오히려 한태형이 흑마법사들과 손을 잡고 혼란을 일으킬 수 있도록 방치를 했다. 종의 보존을 우선시 한다면 질서를 파괴할 수 있는 요인을 제거하는 것이 옳다. 하지만 지금 앨리스는 그렇게 하지 않고 있었다.

"이건 마치 우리를 가지고 노는 것 같기도 하단 말이야. 정말 그녀가 컴퓨터가 맞는지 의문이 들 정도야."

오사마의 이야기에 카인이 살짝 고개를 끄덕였다. 그리고 조용히 입을 열었다.

"사실 앨리스가 심청에게 자신의 후계자 자리를 제안했었습니다."

앨리스의 정체에 대해서는 알고 있었다. 그런데 인공지능에 불과한 앨리스가 그런 제안까지 했다는 것은 놀라운 일이었다.

"뭐? 그게 가능해?"

"앨리스는 스스로 외로움이라는 감정을 알고 있다고 했습니다. 오랜 외로움에 지쳤고, 심청이 자신의 임무를 대신해 주길 원했다고 합니다."

카인의 이야기에 오사마와 소피는 크게 놀란 표정이었다. 스스로 판단하고 행동할 수 있도록 진화를 한 것만 해도 엄청난 일이었다. 그런데 인공지능이 감정까지 익히고 있을 줄은 생각도 못한 그들이었다.

"인공지능이 감정을 가지고 있다니……."

소피가 놀라고 있을 때 카인이 조용히 자신의 생각을 이야기했다.

"어쩌면 앨리스는 마치 어린 아이처럼 외롭고, 불안한 것이 아닌가 생각해봤습니다."

"에이, 설마 그게……."

오사마는 앨리스의 상태가 제대로 상상이 되지 않았다. 하지만 소피는 카인의 이야기에 심각한 표정으로 고개를 끄덕였다.

"만약 외로움이라는 감정을 알고 있다면 다른 감정도 알고 있을 가능성이 높을 거야."

"흐음, 그런 거라면 그냥 외롭다고 놀아달라고 하면 되는 거 아냐?"

오사마는 이해가 안 된다는 표정으로 말을 했다. 하지만 소피는 표정이 굳어졌다.

"만약 우리의 추측대로 감정을 느끼고 있는 게 사실이라면……."

"사실이라면?"

오사마가 소피를 바라보았다. 소피는 진중한 표정으로 말했다.

"앨리스는 지금 무척 불안정한 상태일거야."

소피는 물리학자이기에 앨리스의 상태를 정확히 진단할 수 없었다. 하지만 그녀는 더 이상 앨리스가 단순한 기계덩어리가 아니라고 판단하고 결론을 내렸다.

그리고 오사마 역시 그녀의 생각에 동의했다.

"인공지능의 발전이 인간의 예측을 벗어난 것이라면 무슨 짓을 저지를지 알 수 없겠지."

* * *

"후우……."

카인이 천천히 숨을 뱉었다. 자신이 알고 있는 호흡법대로 숨을 내쉬자 마음이 차분해 지는 것을 느꼈다. 뿐만 아니라 주변의 기운이 자신의 몸으로 들어와 몸을 가볍게 해주는 기분이었다.

'확실히 호흡법이 효과가 있다.'

검도 시간에 배운 호흡법이 어째서 이렇게 큰 효과를 안겨주는 건지는 알 수 없었다. 하지만 분명한 것은 호흡법을 할 때마다 주변의 기운이 자신의 육체로 몰려든다는 사실이었다.

'검술의 형과 함께 호흡법을 유지하라고 했던 것이 이런 것이었나?'

카인은 자신이 배운 대로 검술을 펼쳤다. 그가 배운 검술의 이름은 태백검이었다. 태백검은 조선시대 이전부터 이어져 왔다는 검술로, 총 12식으로 이루어져 있었다.

카인에게 검술을 가르친 스승은 그것이 고려시대 최강의 무장 척준경이 창시한 곡산검법의 원류라는 이야기를 하기도 했었다. 당시에는 그 검술이 얼마나 대단한 것인지 알지 못했고, 스승의 이야기를 오롯이 믿지도 않았다. 오히려 현대식으로 개량된 해동검도와 같은 검술이 더 실용적이라 생각하기도 했다. 하지만 지금에 와서야 자신이 배운 검술의 위대함을 이해할 수 있었다.

호흡법을 통해 단전에 충만한 기운이 들어차기 시작하자 검술의 위력이 완전히 달라진 것이다.

쉬익!

카인의 검이 작은 반원을 그렸다. 단전 가득 호흡을 밀어넣으면서 앞으로 한걸음 내디뎠다.

휘잉!

작은 반원을 그리던 검은 어느새 두개의 반원을 더 만들어냈다. 태백검에는 화려한 초식은 없었다. 단전으로 모여든 기운을 사지백해로 퍼트리면서 주변의 기운이 흐르는 대로 검을 움직이는 것이 특징이었다. 그것은 검술이라기보다는 자연의 기운에 순응하는 검무에 가까웠다.

'기운에 검을 싣는다.'

카인은 자신의 주변으로 흐르는 기운의 흐름에 맞춰서 검을 살짝 움직였다. 아주 작은 힘을 실었을 뿐이지만 검이 지나가며 공기를 가르는 소리가 들려왔다.

쉬잉!

"후우."

카인은 검을 움직이는 중에도 호흡법을 이어갔다. 스스로 느끼지 못하는 사이에 검이 움직일 때마다 카인의 주변으로 바람이 몰아쳤다. 그리고 몰아치는 기운은 카인의 검에 힘을 더해 주었다.

휘잉!

샤라락!

카인의 검은 빠르게 움직이기도 했고, 때로는 천천히 부드럽게 움직였다.

쉬잉~

마치 한편의 검무를 추듯 카인의 움직임은 물 흐르듯 부드럽게 흘렀다. 그리고 카인의 호흡은 처음과 마찬가지로 흐트러지지 않았다.

"후욱."

카인의 검무는 어느새 절정에 이르렀고, 높이 솟아오르던 검은 허공을 가르고야 다시 제자리를 찾아갔다. 그렇게 자신이 알고 있는 총 12식의 검술을 연속해서 모두 펼치고야 카인은 조용히 검을 갈무리했다.

"후우."

12식의 검술을 갈무리하며 호흡도 함께 정리했다. 사방에서 몰아치던 바람도 함께 잠잠해져 공터에는 고요한 침묵이 찾아왔다.

"확실히 뭔가 다르다. 이게 마나인가?"

카인은 태백검을 펼치면서 느꼈던 그 마나의 느낌을 잊지 않으려 바위에 자리를 잡고 앉았다. 천천히 숨을 들이쉬자 다시금 주변의 마나가 움직였다. 30분가량 바위 위에 앉아서 호흡과 명상을 한 카인이었다. 명상을 하다 보니 주변의 기운들이 어떻게 자신에게 모여들고, 자신의 단전에 깃든 기운들이 어떻게 흘러나가는지를 느낄 수 있었다.

'스승님이 명상의 중요성에 대해서 그토록 이야기 하신

이유를 알겠구나.'

그가 천천히 호흡을 정리하고 눈을 떴다. 그런데 그때 바위 주변에서 몇 개의 기척이 느껴졌다. 카인이 검무를 추고 있을 때부터 그 자리를 지키던 기운들이었다.

카인은 숲 쪽을 향해 나지막이 말을 했다.

"이제 그만 나와도 괜찮아."

카인의 목소리에 숲 쪽에서 나디아가 쭈뼛거리며 모습을 드러냈다.

"수련 하시면 배고프실까봐 먹을 것 좀 가져왔어요."

나디아는 피크닉 바구니를 들고 수줍게 서 있었다. 나디아는 최근 소피에게 마법의 기초를 배우는 중이었다. 하지만 사실 마법보다는 오사마에게 마법진을 배우는 시간이 더 많았다. 나디아 스스로도 마법보다는 마법진이 적성에 맞다고 생각하는 중이기도 했다. 하지만 그녀는 틈날 때마다 카인을 찾아왔다. 오늘도 일찌감치 간식을 만들어 가져온 모양이었다. 딱히 배가 고픈 건 아니었지만 간식이 땡기는 시간이기는 했다.

"많이 챙겨왔네? 같이 먹을까?"

"네, 좋아요."

나디아는 기뻐하며 카인의 곁으로 다가갔다. 카인과 단둘이 함께 하는 시간이 나디아에게는 긴장되면서도 행복한 시간이었다. 카인과의 오붓한 시간을 상상하는 나디아의 얼굴이 살짝 붉어졌다.

그런데 카인은 다시 숲을 바라보며 말했다.

"너희도 일로 와서 같이 먹자."

"에?"

나디아가 깜짝 놀란 표정으로 숲을 바라보았다.

분명 수풀 쪽에는 나디아 혼자서 카인의 수련이 끝나길 기다리고 있었다.

"숲에는 아무도 없는……."

그런데 어느새 숲 그림자 속에서 엘프인 엘레나가 스르륵 모습을 드러냈다.

"자연의 기운이 느껴져서 왔더니 역시 카인 오빠였네요. 대체 어떻게 하신 거죠? 정령을 불러들이신 거 같기도 하고……."

"자연의 기운?"

엘레나가 감동한 표정으로 말을 했다. 하지만 카인은 고개를 갸웃거렸다. 자신은 태백검을 펼쳤을 뿐이었다.

"네, 뭐랄까 마치 숲의 모든 기운을 불러들여서 같이 춤을 추는 것 같은 느낌이었어요."

엘프들은 자연의 마나에 민감했다. 그런데 최근 카인에게서는 마치 정령의 기운과 유사한 기운이 느껴지기 시작했다. 특히 카인이 혼자 태백검을 연마하거나 명상을 할 때면 그 주변으로 대자연의 기운이 더욱 짙게 모여 들곤

했다. 그리고 그 기운은 엘프들에게 친밀감을 안겨주었다.

"카인 오빠의 검무에는 대자연의 기운을 풍부하게 해주는 힘이 있는 것 같아요. 그래서 곁에서 지켜보는 것만으로도 너무 즐거웠어요."

카인은 엘레나의 말을 이해하지 못했다. 하지만 엘레나는 카인의 검술에 큰 매력을 느끼고 있는 것이 확실해 보였다. 그래서인지 부쩍 엘레나가 카인을 찾아오는 경우가 많아졌다. 엘프인 엘레나의 손에 신선한 과일이 커다란 나뭇잎에 쌓여 있었다.

"오는 길에 과일을 좀 따왔는데 함께 먹으면 좋겠어요."

"그래. 너도 이쪽으로 와서 앉아."

나디아는 조금은 시무룩한 표정으로 엘레나를 바라보았다.

"그런데 도대체 언제부터 있었던 거야?"

"카인 오빠가 수련 시작할 때쯤?"

자신과 그리 멀지도 않은 곳에 엘레나도 함께 있었다는 사실이 놀라웠다. 나디아는 엘레나가 근처에 왔는지 전혀 느끼지도 못하고 있었던 것이다.

"양도 많으니 넷이서 함께 먹자."

카인이 먼저 자리에 앉으며 말을 했다.

"휴우, 그럼 우리 셋이서⋯ 네? 넷이라니요?"

나디아가 불길한 표정으로 고개를 돌렸다. 그 순간 그녀의 곁에서 또 한명의 존재가 스르륵 모습을 드러냈다.

　"쳇, 이번에는 완벽하게 기척을 지웠다고 생각했는데 역시 알아차리는군."

　사란은 은신술에 대해서는 자신이 있었다. 하지만 카인의 앞에서는 자신의 은신술이 무용지물이었다. 제아무리 뛰어난 은신술이라 하더라도 적외선 감지장치 앞에서는 아무런 소용이 없었다. 항상 심청이 미리 카인에게 사란의 존재를 알려주었다. 하지만 의식을 회복한 이후에는 적외선 감지장치를 이용하지 않고도 사란의 기척을 느낄 수 있는 카인이었다. 이해하기는 어렵지만 주변의 사물이 가진 기운 그대로가 느껴지기 시작한 것이다. 사란이 기척을 숨기려 해도 사란의 존재 자체가 느껴졌다.

　"네 은신술은 완벽해. 하지만 너무 숨기려 하니까 오히려 자연스럽지 않다고나 할까?"

　"흐음, 아직은 어려운 개념인 것 같다."

　사란은 카인의 앞에서 몸을 숨기는 것이 나름대로의 훈련이었다. 그래서인지 카인의 이야기를 깊이 가슴에 새겼다.

　"사란 언니! 언니는 대체 언제……."

　"네가 몰래 카인을 훔쳐보면서 감탄하고 있을 때부터?"

　사란의 이야기에 나디아의 얼굴이 붉게 물들었다. 혼자

카인과 조용히 시간을 보내고 싶었던 나디아의 계획은 물거품이 되었다.

"다음에는 제발 몰래 좀 오지 마요."

"그럼 훈련이 안 된다."

"아, 이 언니가 진짜!"

그녀들의 티격 거리는 모습을 보면서 카인은 자신의 상태를 다시 판단했다.

'내가 느끼는 그 기운이 자연의 기운인건가? 설마 이것도 앨리스가 만든 것인가…….'

앨리스가 수많은 생명체를 창조했다는 사실은 이해할 수 있다. 하지만 그 역시 대자연의 일부일 뿐이다. 카인이 느끼고 있는 대자연의 기운은 과학 기술력으로도 검증하기 어려운 것이었다. 앨리스가 신으로 군림하고 있는 세상이다. 하지만 앨리스보다 더 거대한 대자연의 존재가 조금씩 카인의 눈에 들어오고 있었다.

'앨리스가 진짜 신일까?'

한번 시작된 의문이 꼬리를 이었다.

* * *

"물 좀 마실래?"

소피는 자신의 숙소로 찾아온 카인에게 물었다. 호숫가

착륙선에서 불편하게 생활하던 소피는 최근 엘프들이 제공한 나무둥지 같은 주택으로 거처를 옮긴 상태였다.

하이엘프 카논의 배려로 소피와 사란, 나디아 등은 나무집으로 옮겨왔고, 카인과 오사마는 그대로 착륙선에서 생활을 하는 중이었다. 엘프들은 친절했고, 나무집도 보기보다는 아늑한 거처였기에 다들 만족해 했다.

카인은 수련을 끝내고 신체 상태를 점검했다. 해가 질 무렵이면 자연스럽게 소피의 거처로 찾아오는 것이 일상이 되었다. 두 사람의 관계는 이전과 비슷했다. 하지만 두 사람 사이에는 이전과는 조금 다른 기류가 느껴졌다.

소피는 카인의 앞에서 말이 줄었고, 반대로 카인은 소피의 앞에서 말이 많아졌다.

"몸은 좀 어때?"

"쓰러지기 전보다 상태가 더 좋은 것 같아요."

"안 그래도 몸에서 느껴지는 마나가 이전보다 더 커진 것 같기는 하네."

소피 역시 마법을 배우고 있었기에 카인의 몸에서 흐르는 마나를 감지할 수 있었다. 그리고 점점 카인의 육체 주변으로 마나가 짙어지는 것을 느꼈다.

"군대에서 배웠던 호흡법이 이 세상에서는 효과가 아주 좋아요."

"그래? 나도 단전호흡이라도 좀 배워놓을 걸 그랬나?"

소피 역시 마법을 익히고 있고, 마나가 부족하지는 않았다. 하지만 그것은 스스로 만들어낸 마나가 아닌 피어스의 드래곤하트에 기반한 마나였다. 이미 그녀의 혈액 속으로 녹아든 마나량이 막대했지만 아직 자신의 것으로 만들지 못한 마나도 많았다. 그래서 소피도 최근에는 마나 수련법의 필요성을 느끼는 중이었다.

"그건 제가 알려드리겠습니다."

"그럼 나는 너무 좋지."

소피는 마나 수련에 대한 욕심을 가지고 있었다. 마나를 가지게 되면서 피부는 물론이고, 시력과 같은 육체 능력도 크게 좋아졌다. 마치 20대 초반으로 돌아간 기분이었다.

"이 좋은걸 왜 진작 몰랐을까 싶어."

그때 그녀에게 카인이 물었다.

"그런데 이 마나는 대체 뭘까요?"

"글쎄, 카논님의 이야기도 그렇고, 후아킨님의 이야기를 들어보면 이건 그냥 자연 자체의 생명력? 뭐 그런 거라고 하던데, 아직 감도 잡히지 않기는 해."

소피 역시 마나의 정체에 대해서는 판단하기 어려웠다.

심청의 감지 장비들을 이용해 관측을 해보려는 시도도 있었다. 하지만 마나 자체를 감지할 수 없었다. 이후에 상황이 안정되면 본격적으로 연구를 해봐야겠다고 생각하고 있을 뿐이었다.

"그런데 갑자기 그건 왜 물어보는 거야?"

"우리가 살던 지구에도 마나라는게 있었을까요?"

소피의 기억에 그녀가 살던 시대에도 기를 다룬다고 주장하는 사람들이 존재를 했었다. 하지만 그 누구도 그 힘에 대해서 제대로 검증을 해내지는 못한 것으로 기억했다.

"과학적으로는 존재가 밝혀지지 않은 에너지니까. 사실상 존재한다고 할 수 없는 미지의 에너지라고 봐야겠지."

과학적으로 밝혀지지는 않았기에 존재한다고 말할 수는 없었다. 하지만 밝혀지지 않았다고 해서 없다고 주장하지도 못하는 그런 것이 바로 기였고, 그것이 이 세상에서 말하는 마나라고 생각했다. 그리고 카인이 다시 물었다.

"혹시 마나 역시 앨리스의 창조물일까요?"

카인의 물음에 소피는 잠시 고민에 빠졌다. 한번도 생각하지 않았던 질문이었다. 그리고 소피가 자신의 생각을 말했다.

"마나에 대해서 확신할 수 없지만 이 마나를 앨리스가 만들어낸 게 사실이라면… 이미 앨리스는 신이라고 봐야겠지."

"신이라… 역시 그렇겠죠?"

소피 역시 앨리스에 대해서 단언할 수는 없었다. 하지만 마나를 알게 되면서 마나야말로 신이 만든 에너지일 것이라 생각했다.

"적어도 그건 과학기술로는 만들어낼 수 없는 힘이라고 생각해."

진지한 표정으로 이야기를 하는 소피의 모습을 물끄러미 바라보던 카인이 갑자기 빙그레 미소를 지었다.

"왜? 왜 웃어?"

"그냥 예뻐서요. 왜 진작 몰랐을까 싶네요."

소피가 자신의 외모를 잘 꾸미는 편은 아니었다. 하지만 소피의 미모는 엘프 여성들에 견주어도 떨어지지 않는 편이었다. 그녀를 자주 바라보니 그녀의 매력이 보이기 시작한 카인이었다.

"나야 원래 좀 이쁘긴 하지만……."

소피 답지 않게 얼굴을 붉히며 쑥스러워했다. 왈가닥 같았던 그녀가 카인의 앞에서 부끄러워하는 모습도 사랑스럽게 느껴졌다.

그런 그녀의 모습에 카인이 살짝 미소를 지었다.

* * *

"그냥 총으로 하면 안 됩니까?"

엘프들에게 빌린 레이피어를 손에 쥔 아레스가 투덜거렸다. 그 앞에는 조선검을 손에 쥔 카인이 서 있었다.

"이건 그냥 대련일 뿐이니까. 잔소리 말고 덤벼."

"그러니까 이걸 왜 하는 건지 모르겠습니다."

아레스는 투덜거리면서도 그동안 수집했던 검술 데이터를 검색했다. 오랜 시간동안 수집했던 인간들의 검술이 안드로이드에 전송되었다.

스윽.

아레스는 너무도 자연스럽게 기수식을 취했다. 그러자 그들을 지켜보고 있던 엘레나가 크게 놀랐다.

"저건 우리 엘프들의 검술인데……."

아레스가 펼치려는 검술은 레이피어를 활용한 엘프들 특유의 검술이었다. 손에 쥔 칼이 레이피어였기에 레이피어에 특화된 엘프들의 검술로 세팅을 한 것이다.

그 모습에 사란이 고개를 끄덕였다.

"저런 가느다란 검에 최적화된 검술을 선택한 것인가? 역시 대단한 존재다."

사란은 아레스의 진정한 정체를 알지 못했다. 다만 손에 쥔 모든 무기에 순식간에 적응하는 아레스의 능력에 감탄할 뿐이었다. 가끔 아레스와 카인의 수련을 훔쳐본 결과 아레스는 완벽한 암살자라고 인식되었다.

그리고 그때 아레스가 먼저 움직였다.

쉬익!

아레스는 마치 풀 위를 미끄러지듯 앞으로 쏘아졌다. 그것은 완벽한 엘프들의 움직임이었다. 미끄러지듯 앞으로

쏘아져 나간 아레스는 보폭을 길게 하며 카인의 허벅지를
공략했다.

챙!

카인은 너무 쉽게 아레스의 검을 막아냈다.

"너무 뻔한 공격 아닌가?"

"행동 예측 프로그램도 켜겠습니다."

"좋아."

아레스는 막대한 연산능력을 활용하여 수천가지 상황에
대한 시뮬레이션을 시작했다. 카인의 행동패턴을 예측하
여 카인에게 치명타가 될 수 있는 경로를 따라 검을 휘둘
렀다.

챙!

일정한 패턴이 없는 아레스의 공격이었지만 카인은 차분
히 몸을 틀어 검을 막아냈다. 하지만 아레스는 빠르게 다
시 몸을 비틀면서 연속으로 공격을 펼쳤다.

챙챙챙!

하체를 단단히 지면에 박고 있던 카인은 부드럽게 검을
들어 올리며 자연스럽게 아레스의 검을 쳐냈다. 아레스는
자신의 연산능력을 최대한 가동하여 카인의 약점을 찾으
려 했다. 하지만 그런 공격도 카인의 검에 모두 막혀버렸
다.

"속도를 더 올리겠습니다. 형님."

"마음대로 해."

아레스는 안드로이드의 출력을 조금 더 끌어올렸다. 그러자 아레스의 움직임이 눈으로 쫓아가기 힘들 정도로 빨라졌다. 하지만 카인은 차분한 표정으로 아레스를 바라보았다.

'보인다.'

태백검의 호흡법으로 주변의 기운을 받아들였다. 그리고 단전으로 스며들었던 마나들이 사지로 뻗어나가며 힘을 더했다. 카인의 눈에 이전에는 보이지 않던 것들도 보이기 시작했다.

사락.

출력을 높인 아레스의 엄청난 움직임 때문에 풀들이 으스러지는 모습, 아레스의 발아래서 흩어지는 흙까지도 하나하나 눈에 들어왔다. 강화기갑의 도움 없이도 아레스의 빠른 움직임을 눈으로 쫓을 수 있게 된 것이다.

챙!

단전으로 모여든 마나는 다시 카인의 육체에 잠들어 있던 피어스의 마나를 자극했다. 피어스의 마나가 전신으로 퍼져나가며 카인의 육체 능력을 더욱 높였고, 주변의 자연에 존재하던 마나들이 카인의 육체로 빠르게 모여들었다. 세상이 느리게 흘러가는 느낌이었다.

카인의 검은 태백검의 묘리에 따라 계속해서 반원을 만

들었다. 그리고 그 반원들은 순식간에 여러개로 늘어나면서 아레스의 공격을 모두 쳐내버렸다.

챙챙!

"출력을 더 높입니다."

아레스는 자신의 공격이 통하지 않는다는 사실을 확인했다. 그래서 안드로이드의 출력을 거의 최대치로 끌어올렸다.

쉬익.

챙챙챙!

아레스의 검을 모두 쳐내면서 오히려 카인이 한걸음 앞으로 뛰어들었다. 이제는 지켜보던 사람의 눈에도 아레스의 움직임이 거의 보이지 않을 정도로 출력이 높아진 상황이었다.

'할 수 있다.'

카인의 눈에 재차 공격을 가하려는 아레스의 검이 보였다. 숨을 들이쉬자 진득한 마나가 폐부를 통해 들어와 전신으로 흘렀다. 카인은 그 힘을 그대로 흘려 넣으며 검을 움직였다.

휘잉!

한줄기 바람이 몰아치듯 카인의 검이 허공을 가르며 지나갔다. 짧은 순간이지만 카인은 스스로 한줄기 바람이 된 것 같은 기분이었다. 마치 주변의 대기가 카인의 몸을 받쳐주고 밀어서 힘을 실어주는 느낌이었다.

"아…….."

덜컥.

뭔가 바닥에 떨어지는 소리가 들렸다. 그제야 정신을 차린 카인의 눈에 바닥에 떨어진 쇳덩이가 보였다.

"아악! 형님! 너무 하시는 거 아닙니까?"

아레스가 들고 있던 레이피어가 반으로 깨끗하게 잘려나간 모습이었다. 카인의 검에 마나가 실리면서 아레스의 검을 가른 것이다. 아레스는 반쪽만 남은 검을 들고 호들갑을 떨었다.

"이거 반칙입니다, 반칙!"

카인은 가볍게 호흡을 마무리했다. 마나가 함께 하는 순간의 그 느낌을 기억했다.

"아. 미안! 그런데 너 혹시 마나는 사용 못하냐?"

"마나가 뭔지는 알지만 사용법은 아직 익히지 못했습니다. 그건 제가 만든 감지기에도 검출이 안 되는 부분이라서 사용은 불가합니다."

아레스의 이야기에 카인은 고개를 끄덕였다. 만약 아레스가 마나를 사용했더라면 아레스의 칼이 그렇게 잘려나가지는 않았을 것이다. 하지만 아레스는 마나라는 개념은 알지만 마나를 사용하지는 못했다. 반면, 그들의 대화를 들으며 충격에 빠지는 사람도 있었다.

"마나를 사용하지도 않고 저럼 움직임이라는 건가?"

사란은 아레스의 움직임에 크게 놀라는 중이었다.

카인이 마나를 사용하는 검사라는 사실은 익히 알고 있었다. 그가 검사들의 정점이라는 소드 마스터의 경지에도 올랐을 것이라 확신하고 있었기에 카인의 움직임은 크게 놀랍지 않았다. 하지만 마나를 전혀 사용하지 않고도 카인에 버금가는 움직임을 보여주는 아레스는 더 놀라웠다.

'단순한 근육의 힘만으로 소드 마스터에 버금가는 움직임을 보여주었다.'

암살자들도 최대한 마나를 사용하지 않는 훈련을 한다.

마나를 사용하면 마법사나 익스퍼트급 검사들에게는 마나가 감지될 우려가 높았다. 때문에 최대한 마나를 사용하지 않는 것이 임무 성공률을 높여주는 것이다. 하지만 그만큼 힘을 내기는 어려웠다. 그런데 아레스는 마나를 사용하지 않고도 카인에게 위협이 될 정도로 힘과 속도를 보여주었다. 사란은 카인에게 따지듯 말하고 있는 아레스의 얼굴을 물끄러미 바라보았다.

'땀 한 방울 흐르지 않았다.'

내색하지는 않았지만 사란은 암살자로서 최상의 조건을 갖춘 아레스가 부러웠다. 그리고 한편으로는 욕심이 생기기 시작했다. 자신이 가야 할 길을 발견한 기분이었다.

언제나 카인에게로 향해있던 사란의 시선이 아레스에게

집중되었다. 그런 사실을 아는지 모르는지 아레스는 불만 어린 표정으로 카인에게 투덜거리고 있었다.

"이럴 줄 알았으면 저도 강도가 높은 검을 사용했지 말입니다. 이건 절대로 제 실력이 떨어지는 게 아니라……."

"거참 말 많네. 하여튼 너에게는 마나를 사용할 수 있는 기술은 없다는 거잖아?"

"그건 그렇습니다."

아레스도 마나라는 에너지를 연구하지 않은 것은 아니었다. 하지만 그것은 높은 기술력으로도 통제할 수 있는 성질의 것이 아니었다.

"앨리스도 마찬가지로 마나를 사용하지 못하는 건가?"

"그건 저도 잘 모르겠습니다. 그냥 몇 번 세상이 뒤집어지면서 어느 순간부터 인간이나 드래곤들이 사용하던 힘입니다."

아레스의 이야기에 카인이 고개를 끄덕였다. 그리고 카인이 아레스에게 물었다.

"그럼 마나라는 에너지를 앨리스가 만든 게 아니란 소리지?"

"그건 저도 잘 모르지 말입니다."

대지의 여신이자 창조신이 되어버린 앨리스였다. 하지만 그녀가 지구의 모든 것을 만들고 지배한 것은 아니었다. 지구 전체의 역사에서 인간이 활동한 역사는 무척 짧은 것이었다. 그리고 그런 인간이 만들어낸 앨리스가 창조한 역사는 더더욱 짧을 수밖에 없었다.

"만약 앨리스가 만든 게 아니라면 갑자기 이 힘은 어디서 나타난 건지……."

카인이 조용히 말을 했다. 그런데 그들의 뒤편에서 소피의 음성이 들려왔다.

"어쩌면 지구에 원래부터 있던 힘이 아닐까? 예전부터 기라는 개념은 있어왔잖아."

소피는 아주 단순한 사실 하나를 깨달았다.

지구는 많은 것이 바뀌었다. 오랜 시간동안 일부 지형도 바뀌었다. 하지만 지구라는 행성 자체는 자신이 알고 있던 그대로였다.

생명수

저벅저벅!

카인이 숲길을 따라 부지런히 걸음을 옮겼다.

그런 카인의 뒤편에는 소피가 바짝 붙어서 따르는 중이었다. 카인은 마나에 대해서 더 알고 싶었다.

엘레나는 하이엘프들이 마나에 대해서 가장 많이 알고 있을 것이라고 말했다. 그리고 카인에게 도움을 줄 수 있는 하이엘프가 엘프들의 숲에 살고 있었다.

"이쪽이에요. 발 조심하세요."

엘프 소녀 엘레나가 서너걸음 앞에서 카인과 소피를 돌아보며 말했다. 그녀의 앞에는 한치 앞도 분간하기 힘든 짙은 숲이 펼쳐져 있었다.

그곳으로는 도무지 길이 있을 것처럼 보이지 않았다.

그런데 그때 엘레나가 짙은 숲 안으로 모습을 감추었다.
마치 숲의 일부가 되어버린 것처럼 자연스럽게 그녀는 길
도 보이지 않는 수풀 속으로 사라졌다.

"볼수록 놀라운 광경이야."

"어서들 와요."

놀랍게도 나무들 사이에서 엘레나가 고개만 스윽 내밀고
말을 했다.

"어서 갑시다."

카인이 소피를 향해 손을 내밀었다. 그러자 소피가 얼굴
을 붉히면서 카인의 손을 잡았다. 카인은 이제 자연스럽게
소피의 손을 잡고서 엘레나가 사라진 방향으로 이동했다.
짙은 숲의 경계로 다가서서 엘레나가 밟은 발자국을 그대
로 따라 걸음을 옮겼다. 그러자 빽빽하게 들어차 있던 나
무들 사이로 사람 한명이 들어갈 수 있는 공간이 드러났
다.

"이 결계는 볼수록 신기하단 말이야."

소피가 고개를 살짝 저으며 카인의 뒤로 바짝 따라 붙었
다. 그리고 잠시후 그들의 눈 앞에 활을 손에 쥔 엘프들의
모습을 드러냈다.

"오빠."

갑자기 숲에서 모습을 드러낸 엘프들의 선두에는 엘레나의 오빠인 엘리어드가 서 있었다. 엘리어드는 동생인 엘레나는 아랑곳 하지 않고 카인을 바라보았다. 카인들이 나타난 이후 호숫가의 엘프 마을이 파괴되었고, 많은 엘프들이 죽기도 했다. 하지만 카인들은 하이엘프 카논이 인정한 인간이었다. 그래서인지 카인과 소피에 대해서는 적개심을 드러내지 않았다. 다만 카인과 소피가 발을 딛고 있는 곳은 그들에게 아직 허락된 땅이 아니었다.

"이곳은 엘프들의 성스러운 땅이다. 그대들이 엘프들의 손님이지만 더이상의 출입은 허락할 수 없다."

엘리어드는 단호하게 카인과 소피를 막았다. 그러자 카인은 고개를 끄덕였다. 지금 자신들이 들어온 숲은 엘프들에게는 생명의 숲으로 일컬어지는 성지였다.

엘프 마을에 출입을 할 수 있도록 허락을 받았지만 엘프들의 성지로 발을 들이는 것은 또 다른 문제였다. 카인은 그들의 입장을 충분히 이해할 수 있었다.

"성지를 무단으로 침입하려는 것은 아니다. 다만 카논님을 만나고 싶다."

그 말과 함께 카인은 품안에서 정령의 반지를 꺼내보였다. 그것은 카논이 카인에게 주었던 징표였다. 엘리어드는 그동안 카인을 지켜봤기에 그가 이렇게까지 한다는 것은 뭔가 중요한 일이 있으리라 생각했다.

망설임은 길지 않았다.

"좋다. 내가 안내하도록 하겠다."

엘리어드는 직접 카인과 소피를 숲 안쪽으로 안내했다.

그렇게 그들은 숲 속 깊이까지 이동했다. 숲 속 깊이 들어가자 제법 넓은 공터가 보였고, 그 중앙에 작은 연못이 자리하고 있었다. 그리고 그곳에 카논이 서 있었다.

"기다리고 있었습니다. 어서 오십시오."

"알고 싶은 것이 있습니다."

카인이 입을 열자 카논이 미소를 지으며 고개를 끄덕였다.

"보여드릴 것이 있습니다."

자박자박.

카논은 카인과 소피를 데리고 연못 근처로 걸음을 옮겼다. 함께 왔던 엘리어드들은 연못 근처로 다가오지 않았다. 그곳은 하이엘프들에게만 허락된 신성한 땅이었다. 카논은 그런 곳으로 카인을 안내했다. 하지만 카인의 눈에 보이는 것은 물안개가 자욱한 작은 연못 뿐이었다.

"어디로 가는 겁니까?"

카인이 궁금증을 참지 못하고 물었다.

"바로 저곳입니다."

카논이 가리키는 곳은 연못 안쪽에 자욱하게 끼어 있는

물안개였다.

"저건 그냥 물안개……."

말을 하던 카인이 놀란 표정으로 말을 멈추었다. 평범한 물안개로 보이던 그것에서 무언가 친숙한 기운이 느껴지고 있었다.

"짙은 마나가 느껴지는거 같은데? 이건 설마 마법진 같은건가?"

"그런것 같기도 한데 조금 다른 느낌이네요."

소피도 물안개에서 뭔가를 느낀 듯 말을 했다. 카인 역시 물안개 주변에서 짙은 마나를 느낄 수 있었다. 그 모습에 카논이 미소를 지으며 고개를 끄덕였다.

"역시 두분도 느끼시는군요."

그 말과 함께 카논은 오른발을 들더니 연못 가장자리의 한 곳을 지긋이 밟았다.

샤아악.

카논이 연못의 가장자리를 밟은 직후 연못을 가리고 있던 물안개가 빠르게 사라지기 시작했다. 그리고 그 속에 작은 나무 한그루가 모습을 드러냈다. 카인은 크게 놀란 표정으로 나무를 바라보았다.

"이럴수가……."

그 작은 나무 한그루에서 지금까지 느껴보지 못한 짙은 마나가 느껴지고 있었다. 마치 세상의 기운을 머금고 있는 것 같은 느낌이었다.

"최근 생명수가 다시 꽃을 피우기 시작했습니다."

"생명수?"

엘프들이 이곳을 성지로 여기며 지켜야 하는 이유가 바로 생명수였다. 새하얀 잎사귀들 사이로 작은 꽃봉오리가 보였다. 아직 크기가 작은 모습이지만 생명수에서는 거대한 기운이 느껴졌다. 소피와 카인은 넋을 놓은 표정으로 생명수를 바라보았다.

"이 기운의 정체는 대체 뭐죠?"

소피는 생명수에서 느껴지는 기묘한 기운에 심취한 모습이었다. 그것은 마나와 비슷하지만 또 다른 느낌을 가진 기운이었다. 카인에게도 그 기운은 어딘가 낯설지 않은 느낌이었다.

두근두근.

카인은 익숙하게 느껴지는 그 기운을 알고 싶었다.

"흐읍."

카인이 깊게 숨을 들이마시자 청량하면서도 포근한 느낌을 지닌 마나들이 카인의 몸 안으로 가득 퍼져나갔다.

'아… 이건……'

카인이 의식을 잃고 있을때 카인을 부르던 그 존재의 느낌이었다. 눈에는 여전히 아무것도 보이지 않았지만 자신의 몸을 따라 흐르는 기운을 느낄 수 있었다. 사방에서 느

114

껴지는 그 기운을 오롯이 느끼고 싶었다. 카인은 조용히 눈을 감고 주변으로 모여드는 기운에 집중했다.

샤라락.

눈을 감아버리자 자신의 손 끝을 간질이는 기운을 더욱 선명하게 느낄 수 있었다. 어느새 카인이 숨을 들이쉬자 주변에 모였던 기운들이 카인을 움직이게 만들었다.

휘잉~

숨을 깊게 들이쉬던 카인이 기운의 움직임에 홀리듯 손을 들어 올렸다. 그러자 모여든 기운들이 마치 장난을 치듯 카인의 손끝에서 움직였다. 카인은 다시 그 기운을 잡기 위해 손을 움직이기 시작했다.

'느끼고 싶어…….'

그리고 카인의 발이 한걸음 앞으로 나가면서 손을 저었다. 마치 기운들이 카인과 술래잡기를 하듯 움직였다.

저벅.

조금씩 움직이던 카인의 몸은 마치 자신의 몸을 감싸고 도는 기운들과 춤을 추듯 유려하게 움직이기 시작했다. 그러던 중 카인이 걸음을 멈추었다. 카인의 주변을 날아다니던 기운들이 스르륵 한 곳으로 물러났다.

'너는…….'

형체도 없는 무언가가 카인의 앞에 서 있었다. 그리고 그 존재의 표정이 보이지는 않았지만 그 존재가 자신을 향해 미소를 짓고 있다고 카인은 느꼈다. 무엇보다 그 존재는 카인에게 왠지 익숙하게 느껴지는 존재였다.

카인의 얼굴에는 묘한 미소가 그려졌다.

"카인?"

소피는 천천히 몸을 움직이기 시작한 카인을 바라보았다. 마치 누군가와 춤을 추듯 카인의 몸이 천천히 움직이고 있었다. 그런 카인의 이상 행동에 소피가 손을 뻗어 카인을 만지려 했다.

척.

하지만 그때 카논의 손이 소피의 어깨를 살짝 잡았다.

"잠시 그냥 두십시오."

"하지만 카인이 미친놈처럼… 아니, 미친 사람처럼 갑자기 춤을…….."

뭔가에 홀린 것 같은 카인의 모습에 걱정이 되는 소피였다. 하지만 카논이 미소를 지으며 소피를 안심시켰다.

"아무래도 카인님 스스로 해답을 찾으시려는 모양입니다."

"네? 뭔 개소리… 아, 죄송합니다. 잘 이해가 안되어서요."

"카인님 스스로 깨어나실겁니다."

카인에 대한 걱정이 앞서는 소피였다. 하지만 카인의 표정이 그 어느 때보다 평안해 보였다. 최근들어 뭔가 고민이 있어보였던 카인이었다. 그런데 지금 카인은 그 고민을 털어놓은 사람처럼 편안한 표정이었다.

"휴우… 혹시 뭔가 깨달음을 얻고 머리 깎고 스님이 된다고 그러는 건 아니겠죠?"

"네? 머리를 왜 깎는다는 겁니까?"

"아, 아닙니다. 그냥 노처녀로 늙어죽을까 걱정이 되어서 그만…….'"

카논으로서는 이해할 수 없는 이야기 투성이었다. 그러는 동안 한바탕 기운들과 술래잡기를 하던 카인이 천천히 멈춰 섰다. 그리고 꼭 감고 있던 눈을 떴다. 어느새 카인은 작은 크기의 생명수와 정면을 마주하고 서 있었다. 다시 눈을 뜨고 바라보는 생명수는 나뭇잎 하나하나가 마치 카인에게 말을 걸어오는 느낌이었다.

'드디어 만났구나.'

연못가에 위치한 작은 오두막에서 카논이 생명수에 대해서 이야기를 나누고 있었다. 무아지경에서 깨어난 카인은 조용히 카논이 내어준 차를 마시며 이야기에 집중했다. 하지만 소피는 다소 불편한 표정으로 카인을 힐끔거리며 바라보았다.

그러다 카인이 고개를 돌리자 소피와 눈이 마주쳤다.

"헛."

소피가 흠칫 놀라며 고개를 돌렸다.

"제 얼굴에 뭐라도 묻었습니까?"

"아, 아냐 그냥⋯⋯."

카인은 피식 웃으며 다시 고개를 돌렸다. 그제야 소피는
살짝 한숨을 내쉬며 차에 입을 가져갔다.

'흐음, 아무래도 분위기가 달라진 것 같은데⋯⋯.'

연못에서 생명수를 만난 이후 카인의 분위기가 어딘가
모르게 낯설게 느껴졌다. 마치 득도한 고승에게서나 느껴
질만한 그런 분위기였다.

잠시 말을 중단했던 카논은 다시 이야기를 이어갔다.

"이 세상이 여신의 징벌로 인해 황폐해 졌을때 우리의 선
조들은 살아갈 곳을 찾아 세상을 떠돌아야 했습니다. 그리
고 우리의 선조들은 바로 이곳을 발견했고, 생명수를 발견
할 수 있었습니다."

고대 하이엘프들이 발견한 생명수는 앨리스의 징벌로 인
해 폐허가 되어버린 땅에 짙은 생명력을 불어넣었다.

그 덕분에 자연은 빠르게 다시 살아나기 시작했고, 하이
엘프들은 멸종의 위기를 넘길 수 있었다.

이후 대자연은 다시 번성했고, 앨리스가 인위적으로 창
조한 생명체들이 세상 곳곳에 뿌려지면서 지금의 세상을
만들게 된 것이다.

"생명수는 자신의 생명을 대지에 불어넣고는 앙상한 가

지만 남긴 채 잠에 들었지요."

엘프들은 생명수가 스스로 역할을 다하고 잠이 들었다 생각했다. 여전히 생명수가 피어난 곳에는 대자연의 숨결이 풍부했고, 엘프들은 그곳을 금지로 만들어 지켜왔던 것이다. 하지만 생명수가 세상에 뿌려놓은 생명력이 서서히 고갈되기 시작했다. 짙푸르던 숲은 빠르게 훼손되기 시작했고, 수많은 짐승들이 환경변화를 견디지 못하고 죽어나가는 경우도 생겼다. 엘프들은 황폐해져 가는 세상을 되살리기 위해서 생명수가 반드시 필요하다고 믿었다.

"그런데 기적이 일어났지요. 당신들이 이 세상에 나타날 무렵 생명수가 다시 잎을 피우기 시작했으니까요."

기운을 모두 소진하고 기나긴 잠에 빠졌던 생명수가 깨어나 꽃을 피우기 시작했다.

엘프들은 생명수가 다시 깨어나 황폐해지고 있는 대자연에 축복을 내려줄 것이라 생각했다. 그리고 일부는 그것이 카인들의 등장과 관련이 있을지도 모른다 생각하고 있었다.

"생명수는 누가 만들어낸 것입니까?"

앨리스는 이 세상에 많은 생명체를 창조해냈다. 생명수역시 앨리스가 만들어낸 생명체 가운데 하나인지도 모를 일이었다.

카인의 물음에 카논이 신중한 표정으로 대답을 했다.

"그 물음에 대한 답은 이미 저보다 카인님이 더 잘 알고 계신듯 하군요."

카인이 조금은 놀란 표정으로 고개를 끄덕였다.

이미 생명수와 마주하면서 생명수의 존재를 어렴풋이 느낀 카인이다. 다만 확신이 없을 뿐이었다.

그 모습에 카논이 미소를 지었다.

"굳이 추측을 하자면 이 세상 모든 것에 생명수의 숨결이 닿아 있다고 봐야겠지요."

"이 세상의 처음부터… 어쩌면 이 세상 그 자체인지도 모르겠군요."

카인은 조금은 마나에 대해서, 그리고 생명수에 대해서 이해할 수 있을 것 같았다.

그리고 카논이 고개를 끄덕였다.

"모든 것이 이 세상의 일부이자 이 세상의 의지 그 자체겠지요."

＊　＊　＊

"뭔가 달라진 것 같아요."

엘레나가 카인을 바라보면서 고개를 갸웃거렸다. 엘리어드는 숲을 떠나는 카인의 뒷모습을 바라보고 있었다.

"대체 그에게 무슨 일이 있었던 것인지 모르겠구나."

카인들이 호숫가에 자리를 잡으면서 엘프들에게 카인은 경계의 대상이기도 했다. 엘리어드는 카인이 엄청난 강자라는 사실을 알고 있었다.

카논의 손님이라지만 엄청난 힘을 가진 인간이 엘프들의 주변에 살고 있다는 사실이 불편했다.

엘프들에게 인간은 언제나 위협의 대상일 뿐이었다. 때문에 엘리어드는 수시로 카인의 움직임을 감시해 왔다.

"이제는 더 이상 그를 관찰할 필요가 없겠구나."

그동안 카인에게 접근해서 카인의 근황을 알려주곤 했던 엘레나가 흠칫 놀라며 엘리어드를 바라보았다. 어쩌면 이제 카인을 만나러 갈 이유가 없어지는 일이었다.

"에? 그래도 계속 관찰을 해야 하지 않나요?"

멀어지는 카인에게서 대자연의 마나가 느껴졌다. 엘리어드는 금지에서 카인에게 무슨 일이 있었는지 알지 못했다. 하지만 생명수를 만나고 돌아온 카인에게서는 대자연의 거대한 존재감이 느껴지고 있었다. 마치 대자연이 그와 함께 하는 것 같았다. 스스로를 대자연의 일부로 여기며 살아가는 존재가 바로 엘프였다.

그런 엘프의 눈에 보이는 카인은 위대한 대자연을 닮은 사람이었다.

"대자연을 품고 있는 존재라면 믿을 수 있다."

"네… 알겠어요."

하지만 엘레나의 표정에는 불만이 가득해 보였다.

엘레나에게 카인과의 생활은 즐거움이었다.

카인이 보여주는 것도 놀라웠고, 카인과 함께 먹는 식량들도 신기한 것이 많았다. 하지만 무엇보다 카인과 함께하는 시간이 즐거운 그녀였다. 이제 더 이상 그런 즐거움을 누릴 수 없다고 생각하니 서운한 마음이 들었다.

그때 엘리어드가 엘레나의 머리를 쓰다듬으며 피식 미소를 보였다.

"그가 받아준다면 친구로서 그와 가까이 하는 것도 괜찮겠구나."

"정말요?"

엘레나가 크게 기뻐했다. 엘리어드는 그런 엘레나에게서 시선을 돌려 카인이 사라진 방향을 바라보았다.

'과연 생명수가 선택한 존재란 말인가?'

* * *

"정말 이곳에 대륙이 있단 말인가?"

두터운 가죽옷으로 몸을 꽁꽁 싸매고 있는 선장이 말을 했다. 선장의 책상 위에는 한 장의 지도가 올려져 있었다. 그것은 대륙의 끝이 그려진 지도였다.

대륙의 남쪽 끝이라고 알려진 대지는 척박한 환경 때문

초인류
연대기 122

에 사람이 거의 살지 않는 곳이었다. 탐험가들은 그곳이 대륙의 끝이라고 확인했다. 그 너머에는 인간이 살 수 없는 극한의 바다가 있다고 표시되어 있었다.

"주인님께서 이곳 너머에 대륙이 있다고 하셨으니 똑바로 가보면 알게 될 것이오."

"미치겠군. 대체 이런 바다에 어찌 땅이 있다고 하는 것인지……."

거대한 무역선의 선장인 막스는 한숨을 내쉬었다. 몇 달 전 막스는 극한의 바다를 탐험하려는 무리들을 만났다. 극한의 바다를 탐험하는 대신 막대한 황금을 댓가로 받기로 했다. 그들의 말을 믿지는 않았지만 댓가로 받은 황금 때문에 극한의 바다로 나섰다. 하지만 그곳은 인간이 견디기 힘들 정도로 추웠고, 때때로 몰아치는 폭풍과 바다를 떠다니는 얼음덩어리가 배의 안전을 위협했다.

이대로 더 가다가는 모두 극한의 바다에서 몰살을 당할 것 같았다.

"이보시오. 이대로 더 갔다가는 모두 바다에서 얼어죽을 것이오. 그러니……."

막스는 황금을 돌려주는 한이 있더라도 이번 항해를 중단해야 한다고 생각했다. 그런데 그때 바깥에서 소란스러운 소리가 들리기 시작했다.

"선장!"

갑판장이 다급하게 소리치며 달려왔다.

"무슨 일이야?"

"땅이… 땅이 보입니다!"

"뭐?!"

막스를 비롯하여 의뢰를 했던 사내들도 일제히 밖으로 달려 나갔다. 그들의 눈앞에 거대한 얼음으로 만들어진 산들의 모습이 조금씩 보이기 시작했다. 지금까지 바다에서 가끔 만났던 거대한 빙산과는 다른 모습이었다.

군데군데 얼음이 떨어져 나간 자리에 거친 바위와 흙의 모습이 보이고 있었다.

"정말로 땅이 있다니……."

막스는 얼이 빠진 표정으로 중얼거렸다.

평생 바다에서 살아왔던 막스였지만 극한의 바다 너머에 대륙이 있으리라고는 생각도 하지 못했다. 배는 점점 땅에 가까워졌고, 얼음에서 뛰어드는 기이한 생명체들의 모습도 보이기 시작했다. 땅을 바라보던 사내들은 감동어린 눈으로 주먹을 불끈 쥐었다.

아무도 알지 못했던 땅이었다. 하지만 자신들의 주인이 그곳을 알려주었고, 실제로 그 땅이 존재한다는 것을 확인하는 순간이었다.

"정박할 곳을 찾아라!"

"예!"

여전히 모든 것을 얼려버릴 것 같은 강렬한 추위가 몰아치고 있었다. 하지만 선원들은 새로운 대륙의 발견에 흥분한 모습이었다. 막스는 빠르게 선원들이 하선할 수 있는 장소를 물색하기 시작했다.

"얼어죽기 딱 좋은 곳이군."

막스는 두터운 가죽 옷으로 중무장을 했음에도 사지가 얼어붙는 기분이었다. 수많은 혹한지역을 모험했던 그에게도 이곳의 추위는 쉽사리 적응이 되지 않았다.

그리고 잠시후, 그들은 비교적 완만한 해안쪽으로 작은 보트를 내렸다.

"얼른 작업들 시작하라구!"

"예! 선장!"

배에 실어왔던 여러 가지 물자들이 혹한의 대지로 내려지기 시작했다.

모든 것을 얼려버릴 것 같은 차가운 바람이 몰아쳤다.

"대체 이런 곳에서 뭘하겠다고 이런 짓을 하는지……."

"얼어 죽기 전에 빨리 옮기자구."

선원들은 한시라도 빨리 이곳을 떠나고 싶은 마음이 간절했다.

잠시 후 물건들을 모두 내린 선원들은 서둘러 다시 보트를 타고 배로 돌아갔다. 그렇게 몇차례에 걸쳐서 배에 싣고 왔던 물건들을 내려놓았다.

* * *

"그대가 한이라는 사람이로군."

헤르미온 공작가의 안주인 클라우디아가 자신의 앞에 선 사내를 바라보았다. 흑발을 지닌 사내는 정중하게 클라우디아에게 인사를 했다.

"처음 뵙겠습니다. 공작부인."

클라우디아에게 인사를 전하는 그는 다름 아닌 한태형이었다. 처음부터 클라우디아에게 마약 성분의 약물을 전달한 사람도 바로 한태형이었다. 그리고 그의 예상대로 클라우디아는 약물에 중독되어 다시 약물을 찾는 중이었다.

"혹시 그것은 가지고 왔는가?"

클라우디아는 손톱을 살짝 물어뜯으며 물었다.

약물 중독증상을 보이는 그녀의 모습에 한태형은 미소를 지었다.

"물론입니다. 이것이 제가 가진 마지막 물량입니다."

한태형이 주머니에서 작은 약병을 꺼내자 클라우디아의 얼굴에 반가움과 함께 실망감이 동시에 교차했다.

"생각보다 양이 적은 것 같군."

신의 물방울을 제작한 사람이라고 하기에 많은 양을 구할 수 있으리라 생각했던 그녀는 적잖이 실망한 표정이었다. 하지만 한태형은 피식 웃으며 그녀의 앞에서 약병을 떨어트렸다.

챙그랑.

순식간에 약병은 바닥에 떨어져 박살이 났다. 그 모습에 클라우디아는 크게 충격을 받은 표정으로 소리를 질렀다.

"뭣하는 짓인가?"

하지만 한태형은 비릿하게 웃으며 말을 했다.

"이런… 손이 미끄러졌군요."

클라우디아는 표독스런 표정으로 한태형을 노려보았다. 누가 보더라도 한태형은 일부러 유리병을 박살냈다.

클라우디아를 보좌하던 기사가 검을 뽑아들고 당장이라도 한태형의 목을 베어버릴 기세로 소리쳤다.

"감히 누구 앞에서 수작인가?"

당장이라도 한태형을 찢어죽일 것 같은 모습이었다.

하지만 한태형은 느긋하게 그녀에게 말을 했다.

"부인의 분노가 풀린다면 제 목을 치시지요? 물론, 다시는 신의 물방울을 구하지 못하시겠지만…….."

"이놈!"

기사는 정말로 한태형의 목을 베어버릴 것처럼 살기를 뿌렸다. 하지만 그때 클라우디아가 소리쳤다.

"멈춰라!"

기사의 검이 한태형의 목 언저리에서 멈추었다. 그러나

한태형은 느긋한 표정으로 말을 했다.

"신의 물방울을 한병 정도는 다시 만들어 드리도록 하지요."

"아…! 그게 정말인가?"

클라우디아가 기뻐하며 말을 했다.

하지만 한태형은 목에 칼을 대고 있는 기사를 똑바로 바라보았다. 그리고 차분하게 입을 열었다.

"부인을 찾아온 것은 안정된 환경 속에서 신의 물방울을 제조하려는 목적이었습니다."

"내, 내가 모든 것을 지원해 주겠네."

"저를 원하는 분들은 많이 있습니다. 이런 위협까지 받아가면서 부인의 곁에 있을 필요는 없을 것 같군요."

한태형의 목소리에 기사의 얼굴에 분노가 치밀었다.

"이놈이 감히……!"

그리고 그때 클라우디아의 음성이 터져나왔다.

"빅터! 뭣하는 짓인가?"

"지금 이놈은 부인을 농락하고 있습니다."

"닥쳐라!"

클라우디아는 진심으로 화가 난 표정으로 그들의 앞에 다가왔다.

짝!

클라우디아의 손이 빅터의 뺨을 후려쳤다. 그리고 그녀

는 한태형에게 돌아섰다.

"미안하군요. 조금 오해가 있었던 것 같습니다."

"부인의 진심을 알고 싶습니다. 정말로 저를 원하십니까?"

한태형의 물음에 클라우디아는 의아한 표정을 지어보였다. 그러자 한태형은 미소를 지으며 말을 했다.

"저는 저를 죽이려는 자를 가까이 두고 싶지 않습니다."

"네 이놈!"

빅터가 분노한 표정으로 소리쳤다.

하지만 클라우디아는 고개를 끄덕이며 말을 했다.

"빅터! 당장 나가거라."

"부인!"

빅터도 황당한 표정으로 클라우디아를 바라보았다.

하지만 클라우디아는 한치의 망설임도 없었다.

"내 말을 거역하는 것인가?"

"그게 아니라……."

자신에게 싸늘하게 말하는 클라우디아의 목소리에 빅터가 당황했다.

"네 목을 베어버리기 전에 꺼져!"

클라우디아의 마음이 조급해졌다. 그녀는 이미 한태형이 없다면 신의 물방울도 없다는 불안감을 느끼는 중이었다. 한태형은 그런 그녀의 불안감을 철저하기 이용했다.

이제 그녀는 한태형의 손아귀에서 빠져나갈 수 없을 것이다. 그리고 클라우디아는 미소를 지으며 한태형을 바라보았다. 한태형은 그제야 살짝 고개를 끄덕였다.

"잘하셨습니다. 하지만 저라면 저자의 목을 베었을 것 같습니다."

"그, 그럼 당장 빅터의 목을 베도록 지시하겠네."

이미 그녀는 한태형의 손아귀에서 놀아나고 있었다. 어차피 그녀에게 빅터는 언제든 내칠 수 있는 존재일 뿐이었다. 그런 그녀의 모습에 한태형은 만족스런 표정을 지어보였다.

"후후후, 그 마음만으로 만족합니다. 그럼 이걸 선물로 드리도록 하겠습니다."

한태형은 자신의 품안에서 종이에 쌓인 뭔가를 내놓았다. 그리고 그 속에는 새하얀 가루가 있었다.

"이건 뭐지?"

"이걸 술에 타서 마시면 신의 물방울 못지않은 효능을 보일 것입니다."

"그, 그런가?"

"효능은 제가 보증할 수 있습니다. 당분간 유용하게 사용하실 수 있을 겁니다."

클라우디아의 눈이 커졌다. 이미 중독 상태에 빠진 클라우디아에게는 생명줄과 같은 물건이었다.

"이제 저를 믿으시면 됩니다. 제가 부인께 필요한 것들을 가져다 드리도록 하지요."

"물론이지. 그대가 원하는 모든 것을 지원할 것을 약속하지."

그리고 그날 클라우디아의 명령으로 공작가의 별채 하나가 통째로 비워졌다. 별채에는 한태형을 보좌하는 몇몇 사람들이 모여들었고, 그곳을 전담할 시녀와 경호를 담당할 기사들이 배치되었다.

"공작부인이 자신의 방으로 돌아갔다고 합니다."

"훗, 미친년……."

한태형은 클라우디아의 어리석음을 비웃었다. 그리고 자신은 그 어리석음을 이용하여 많은 것을 손에 넣을 것이라 믿었다. 흑마법사들 가운데서도 최고의 실력자들이 한태형과 함께 헤르미온 공작가로 들어왔다.

서서히 헤르미온 공작가를 장악할 계획이었다.

"그년이 자신의 아들을 공작으로 만들기 위해서 안달이 났다고 했나?"

"예! 첫째 아들인 아렌이 실종된 상황이고, 클라우디아가 이미 손을 써두어 사실상 후계자가 되기는 어려울 것으로 판단됩니다."

"그럼 그년의 아들이라는 녀석과도 자리를 만들어야 한다는 소리로군."

"예! 헤르미온 공작가는 머지않아 주인님의 것이 될 것입니다."

흑마법사들은 한태형이 헤르미온 공작가를 장악하고 아스 왕국 자체를 장악하는 모습을 그리고 있었다. 그들은 한태형이 흑마법사들의 시대를 열어줄 것이라 믿어 의심치 않았다.

"홋, 그것도 나쁘지는 않겠지. 그만 나가봐."

"예! 알겠습니다."

보좌하던 흑마법사들이 한태형의 방에서 나갔다. 한태형은 자신에게 배정된 별채에서 창밖을 바라보았다. 공작가의 저택에서 저 멀리 아스 왕국의 왕성이 보였다.

제법 웅장해 보이는 건물이었지만 한태형에게는 큰 감흥이 없었다.

"겨우 이런 왕국은 가져도 그다지 감흥이 없겠군."

     *   *   *

새하얀 만년설이 쌓인 높은 산맥 아래에 작은 도시가 만들어져 있었다. 사람이 살아가기 힘든 땅에서도 터전을 일구고 살아가는 사람들이 존재했다. 그리고 그 중심에 그리 크지 않은 성이 자리하고 있었다.

세상에는 알려지지 않은 성에서 한 무리의 사람들이 모

여 대화를 나누고 있었다.

"그자가 헤르미온 공작가에 입성했다고 합니다."

"생각보다 빠른 성과입니다. 어쩌면 그자의 징표가 사실인지도 모르겠습니다."

사람들은 대륙 남쪽에서 들려온 소식으로 인해 표정이 밝아져 있었다. 하지만 두툼한 털 망토를 걸친 노인이 굳은 표정으로 주변 사람들에게 말을 했다.

"마냥 기뻐할 일이 아닙니다."

"대공 전하!"

노인이 걸치고 있는 망토에는 월계수 잎 문양이 선명했다. 그것은 30여 년 전 신성제국을 필두로 하는 연합군의 공격을 받아 멸망했던 화이트 왕국의 문양이었다.

이미 멸망한 것으로 알려졌던 화이트 왕국의 후예들이 대륙의 북쪽 땅에서 부활을 꿈꾸고 있었던 것이다.

그들은 이미 과거의 영광을 되찾기 위해 혹한과 싸우며 힘을 키우는 중이었다.

백발의 노인은 30년 전 참사 당시 살아남은 생존자 가운데 한명이었고, 화이트 왕국의 궁중마법사 중 한명이었다. 그런 그가 무거운 표정으로 좌중을 돌아보며 말을 했다.

"그자의 성과는 인정합니다. 하지만 형제들의 희생을 가벼이 여기는 그자의 행보는 충분히 경계를 해야 할 것이오."

"하지만 그는 맹약의 징표를 지닌 존재입니다. 그를 따르는 것은 당연한 일입니다."

화이트 왕국의 멸망과 함께 수많은 흑마법사들이 죽임을 당했고, 그들의 업적은 모두 불태워졌다. 억울하게 이용당하고 죽임을 당한 흑마법사들은 복수를 원했지만 더 이상 그들에게 남은 것이 없었다. 그런데 그때 흑마법사들에게 흑마법을 돌려주고, 막대한 자금 지원을 해주는 존재가 나타났다. 그 덕분에 흑마법사들은 힘을 되찾을 수 있었고, 화이트 왕국의 부활을 목전에 두고 있기도 했다. 흑마법사들은 자신들에게 힘을 되찾아준 그 존재를 향해 복종의 맹약을 했고, 그가 자신들을 이끌어주기를 희망했다. 하지만 맹약의 주인은 그 뒤 홀연히 세상에서 모습을 감추었다.

그런데 최근 맹약의 징표를 가진 존재가 나타난 것이다. 지옥 같은 시간을 견뎌냈던 흑마법사들은 다시 나타난 맹약의 주인이 자신들을 이끌어 줄 것이라 믿었다.

"그를 따르는 것이 우리의 약속이지만 형제들의 희생은 막아야 합니다."

"으음, 하지만……."

새로이 나타난 맹약의 주인은 형제들의 희생을 요구했다. 흑마법사들은 기꺼이 목숨을 버릴 준비가 되어 있었지만 무의미한 희생을 원하는 것은 아니었다. 그런데 그때 대전의 문이 열리며 누군가 급히 안으로 뛰어들었다.

"대공 전하!"

"무슨 일인가?"

"혹한의 대지를 발견했다는 연락입니다."

사내의 보고에 백발의 노인이 자리를 박차고 일어났다. 그리고 보고를 하러 왔던 사내는 고개를 깊이 숙이며 대답했다.

"임무에 나섰던 형제들의 연락이 닿았습니다."

"크하하하! 되었다. 드디어 왕국의 부활이 시작되는구나."

백발의 노인은 크게 기뻐했다. 그리고 좌중을 바라보며 말을 했다.

"내가 맹약의 주인을 직접 만나볼 것이오."

* * *

"심청! 산도깨비의 복구 상황은?"

─외부 장갑의 복구율은 30%, 주 엔진 4기 가운데 2기는 작동이 가능한 상태입니다.

카인은 산도깨비함을 점검했다. 소피의 예상대로 앨리스가 불안정한 상태라면 앨리스는 지구에 심각한 위협이 될 수 있다. 이미 아레스를 확보했지만 앨리스가 만들어낸 드래곤이 변수였다. 드래곤뿐만 아니라 앨리스가 어떤 힘을 가지고 있을지는 아무도 알 수 없었다. 때문에 앨리스의 가동을 멈추기 위해서라도 산도깨비함이 필요했다.

하지만 아직 산도깨비함의 상태로는 정상적인 가동이 불가능해 보였다.

"남극까지 비행이 가능할까?"

"최소한의 비행은 가능한 상태입니다."

최악의 상황이라면 앨리스를 멈추게 하기 위해 남극으로 가야 할지도 몰랐다. 하지만 그곳에서 드래곤들과 만나게 된다면 상황은 달라진다.

"드래곤들과 전투에서 생존이 가능할까?"

"현재까지 파악된 드래곤들의 전투능력이라면 임시 조치를 한 산도깨비로는 막아내기 어려울 것으로 예상됩니다."

심청의 판단에 카인이 고개를 끄덕였다. 그리고 카인은 뒤를 돌아보았다.

"역시 당분간은 앨리스를 강제로 파괴하기는 힘들 것 같네요."

"산도깨비함이 완전히 복구되면 어때?"

"그렇다 해도 산도깨비함이 공격 무기가 아니기에 가능할지는 모르겠습니다. 앨리스의 정확한 위치를 알아낸다고 해도 기능 정지를 시키는 건 또 다른 문제이기도 하구요."

앨리스가 불안전하다는 가정 하에 이들은 앨리스의 기능

을 정지시킬 방안을 모색했다.

하지만 드래곤들이 그녀를 막고 있다면 앨리스를 정지시키는 것은 불가능하다는 결론에 도달했다.

그때 소피가 아레스를 바라보며 물었다.

"네가 가진 무기로 앨리스를 파괴할 수 없어?"

어쩌면 앨리스나 산도깨비보다 더 강력한 무기를 지닌 것이 아레스였다. 하지만 아레스는 고개를 가로저었다.

"최초의 프로그램에 따라 제가 가진 무기로 앨리스 누님을 공격하는 것은 불가능합니다."

"이미 앨리스가 널 먼저 건드렸는데?"

"그렇지만 절대로 공격할 수 없는 타겟 목록에 앨리스 누님도 포함되어 있습니다. 그게 아니라도 앨리스 누님의 전파 방해 때문에 유도 무기의 사용이 어렵습니다."

갑작스런 앨리스의 해킹 공격으로 인해 아레스와 심청의 시스템 가운데 일부가 피해를 입었다. 시스템은 대부분 복구를 완료하고, 주요 시스템은 외부와의 통신을 차단했다. 앨리스가 가진 해킹 능력을 알 수 없기에 무선 통신 방식의 무기 사용은 위험할 수밖에 없는 상황이었다.

"이건 뭐 가지고 있어도 써먹지도 못하네."

아레스의 이야기에 소피가 투덜거렸다.

그런데 그때 오사마가 의아한 표정으로 아레스에게 물었다.

"그 최초의 프로그램이라는 것은 바꿀 수 없는 거야?"

"네, 그건 제게 부여된 가장 근본적인 임무이고, 변경이 불가능한 목표입니다."

오마사가 눈빛을 반짝이며 물었다.

"그럼 그건 앨리스도 마찬가지 아닐까?"

"네? 아마도 그렇겠지요."

아레스의 대답에 오사마가 모두를 바라보며 말을 했다.

"그럼 앨리스에게 입력된 근본적인 목표는 어떤 것일까?"

"방주 프로젝트의 목표가 종의 보존이었으니까, 아마도 그런 쪽이겠지."

소피의 물음에 오사마가 다소 굳은 표정으로 입을 열었다.

"하지만 앨리스는 몇 차례 지구에 만들어놓은 종을 말살시키기도 했었어."

"그야 자기가 만들어낸 종들이니까……."

그제야 소피도 뭔가 이상하다는 것을 느꼈다.

앨리스도 바꿀 수 없는 목표가 있을 것이다. 그리고 그것은 아마도 종의 보존일 것이라 생각했다. 하지만 앨리스는 과감하게 종을 말살시키고, 다시 새로운 종을 만들어서 세상에 뿌리기를 반복했다. 이는 종의 보존이라는 원칙에 어긋나 보이는 행위였다.

"혹시 앨리스가 그 징벌이라는 것을 멈추고, 혼란을 겪는 이유가 우리 때문이 아닐까?"

오사마의 물음에 소피와 카인도 표정이 굳었다.

"앨리스가 만들어낸 인류가 아닌, 그 이전의 오리지널 인류이기 때문인가?"

소피의 짐작에 오사마가 고개를 끄덕였다. 자신들은 앨리스가 만들어낸 인간이 아니었다. 오히려 앨리스를 만들어낸 인간들과 같은 인간이었다. 앨리스가 보존을 위해서 노력해야 할 대상인 것이다.

"그럼 앨리스는 아무런 문제가 안 되는 거 아닌가?"

적어도 자신들이 살아 있는 동안은 앨리스가 어떤 행동을 취하리라 생각되지 않았다.

하지만 카인의 표정은 여전히 풀리지 않았다.

"꼭 그렇지는 않습니다. 앨리스가 감정을 느낀다면 이미 프로그램의 통제를 벗어날 가능성이 크다고 봐야합니다."

"역시 불안정 상태라고 보는 거야?"

"예, 그래서 앨리스를 멈추게 하는 게 가장 안전합니다. 하지만 앨리스의 위치를 찾는 것은 불가능에 가깝습니다."

하지만 산도깨비를 정상적으로 가동할 수 없는 상황이다. 앨리스가 탑재된 방주가 남극 어딘가에 있다는 정보만으로 남극을 뒤질 수도 없는 노릇이었다.

그런데 그때 소피가 크게 놀란 표정으로 소리쳤다.

"한태형! 그자가 알고 있어."

"예? 그게 무슨 소리입니까?"

"한태형이 방주 프로젝트에 대해서 알고 있어……."

한태형이 이전에 방주 프로젝트에 대해서 언급한 기억이 떠올랐다. 카인은 굳은 표정으로 심청에게 물었다.

"심청! 한태형의 기록을 찾아봐."

카인의 명령이 떨어지기 무섭게 심청은 한태형에 대한 신상자료를 열람했다.

—한태형 박사가 방주프로젝트에 참여했다는 기록이 있습니다만, 자세한 내용은 기록이 없습니다.

그런데 그때 아레스가 조용히 말을 했다.

"제가 미군 자료를 잠깐 찾아봤는데……."

"네가 그런 정보도 있어?"

"네, 2024년에 CVN—80 오바마함이 특별임무를 받아 남극으로 항해를 했었습니다. 그리고 그 탑승자 가운데 한태형이라는 이름이 있습니다."

"미치겠군."

한태형은 앨리스에 대해서 확실하게 알고 있는 것으로 추측되었다. 하지만 한태형이 과연 앨리스를 찾을 것인지는 의문이었다.

"설마 그가 앨리스를 건드리려 할까?"

소피의 물음에 오사마가 고개를 살짝 끄덕이며 말했다.

"산도깨비함도 탈취하려던 사람이야. 앨리스라면 충분히 탐내볼만 하겠지."

한태형이 앨리스에 대해서 알고 있다면 충분히 욕심을 부릴 것이라 추측했다. 다만, 그 위치는 인간이 접근하기 힘든 남극이었다. 한태형도 남극을 탐험하는 것은 쉽지 않을 것이라 생각했다.

"그래도 현재 기술력으로 남극까지 가려면 많은 준비가 필요할거야."

"낮지만 가능성이 없는 이야기는 아니니까. 게다가 한태형은 앨리스에 대해서 알고 있는 사람이고."

불안정한 앨리스도 문제였지만 가장 현실적인 위협은 한태형의 존재였다. 이미 그는 블랙드래곤과 손을 잡았고, 흑마법사들과 함께 하는 중이었다. 짧은 시간동안 생각보다 많은 세력을 손에 넣은 상태였다.

그런 그에게 앨리스마저 넘어간다면 세상의 종말은 현실이 될 수 있는 문제였다.

"만약… 한태형이 앨리스에게는 관심이 없다면 어떻게 되는 거지?"

"우리도 애써 한태형만 바라보고 살 수는 없겠지. 어차피 우리도 이 세상에 뿌리 내리고 살아야 하니까."

오사마다 담담하게 말을 했다. 한태형의 행위는 화가 났지만 한태형에 대한 원망으로 시간을 낭비하고 싶지는 않았다. 소피나 카인 역시 마찬가지 감정이었다.

이미 세상은 변했고, 돌아갈 곳은 없다. 이제는 이 세상에서 순응하고 적응하며 살아가야 했다.

"하지만 여전히 그는 위험인물입니다. 우리가 이 세상에 뿌리를 내리는 것과는 별개로 추적을 계속해야 한다고 생각합니다."

"최악의 상황에서는 그를 죽여야 할지도 몰라. 그렇게 할 건가?"

오사마의 물음에 카인이 소피를 살짝 바라보았다. 그리고 이내 고개를 끄덕였다.

"두 분을 지키기 위해서라도 필요하다면 그렇게 할 생각입니다."

카인의 이야기에 오사마와 소피는 굳은 표정이 되었다.

하지만 이내 그들도 고개를 끄덕였다.

"네가 함장이니까. 네가 옳은 판단을 하길 바라."

하이엘프를 만나고 돌아온 이후 카인이 크게 성장했다고 느끼는 오사마였다. 카인의 선택이라면 신뢰하고 따를 수 있을 것 같았다.

"나도 카인의 뜻에 따르겠어."

소피가 수줍게 대답을 했다. 소피는 왠지 카인이 자신보다 더 어른스럽게 느껴졌다. 그래서인지 숲을 다녀온 이후

142

카인을 대할 때 이전보다 더욱 조심스럽게 대하고 있었다.
그 모습에 오사마가 피식 웃었다.

"응? 너를 지켜? 얼씨구, 얼굴은 왜 빨개진 거야?"

"뭐야?"

여전히 오사마에게는 사나운 소피였다.

그런데 그때 카인이 살짝 고개를 갸웃거렸다.

"그런데 뭔가 잊은 게 있는 거 같은데……."

"하아."

파스칼이 호수를 바라보며 한숨을 길게 내쉬었다.

그가 아렌과 함께 호수로 온지도 벌써 10일 정도의 시간
이 흘렀다. 그동안 파스칼은 폐인 같은 모습으로 호수만
바라볼 뿐이었다.

"도련님……."

아렌의 병을 고쳐주겠다는 카인에게 속아서 호수까지 왔
다. 그런데 카인은 병을 고쳐주기는커녕, 아렌을 금속으
로 만든 관에 넣어서 호수에 수장을 시켜버렸다. 벌써 10
일의 시간이 흘렀음에도 아렌의 모습은 보이지 않았다. 카
인이 깨어났다고 들었지만 카인조차 아렌에 대해서는 아
무런 이야기도 없었다. 마치 아렌의 존재를 잊어버린 사람
처럼 보였다. 파스칼은 아렌이 호수 속에 수장되어 죽었다
고 생각하게 되었다. 제아무리 물이 들어오지 않는 금속관

이라지만 공기도 없이 이렇게 오래도록 사람이 버티지는 못한다 생각한 것이다.

"크흐흐흑… 결국 내가 도련님의 죽음을 방치한 것인가?"

파스칼은 그렇게 자책을 하며 눈물을 떨구었다.

그런데 그때 파스칼의 등 뒤로 인기척이 느껴졌다.

"이 아저씨는 왜 이러고 있어?"

"글쎄요. 뭔가 폐인이 된 것 같네요."

아무렇지 않게 떠드는 그들은 바로 소피와 카인이었다.

카인의 등장에 파스칼은 이를 악물었다.

손이 자신의 검으로 향했지만 차마 검을 뽑지는 못했다. 파스칼은 카인이 오러 블레이드를 만들어내는 모습을 확인했다. 그것은 그가 모든 기사들이 동경하는 소드 마스터의 경지에 올랐음을 의미했다.

파스칼은 상대도 되지 않는 그런 절대의 경지에 오른 사람이 바로 카인인 것이다.

"갑자기 무슨 일이오?"

얼굴이 푸석해진 파스칼이 싸늘한 표정으로 물었다.

"도련님은 어찌 되었소? 우리 도련님은……."

"글쎄, 이제 건져내서 확인을 해봐야지."

카인이 무심하게 대답을 하고는 호수 쪽으로 걸음을 옮겼다. 그 무심한 대답에 파스칼은 아렌이 죽었으리라 확신

144

했다.

"크윽, 이 자식이……."

파스칼의 손이 검을 향했다. 그리고 그때 카인이 허공에 대고 입을 열었다.

"심청! 캡슐을 방출해!"

—예! 함장님.

자신을 무시하는 듯 보이는 카인의 모습에 파스칼이 이를 악물었다. 그리고 천천히 파스칼이 검을 뽑았다.

스르르릉.

'도련님의 죽음에 대한 복수를…….'

그런데 그때 파스칼은 자신의 옆구리 쪽에 뭔가 닿는 것을 느꼈다.

"설마 카인에게 겨누려고?"

어느새 다가온 사란이 파스칼의 옆구리에 단검을 들이밀며 물었다. 아무런 기척도 없이 다가온 사란에게 급소를 내어준 파스칼이 흠칫 놀랄 수밖에 없었다.

그런데 그때 파스칼의 눈에 호수의 물이 부글거리는 모습이 보였다.

"응…? 설마……."

파스칼은 막연한 기대를 가졌고, 잠시 후 부글거리던 호수의 수면 위로 커다란 금속 캡슐이 떠올랐다. 그리고 금속 캡슐은 그대로 호숫가로 움직였다.

"아렌의 치료가 끝났어. 응? 사란? 거기서 뭐하냐?"

"이 녀석이 검을 뽑아 들기에 나도 모르게 그만……."

사란이 단검을 집어넣었다. 파스칼은 자신의 기척을 완벽하게 속인 사란의 움직임에 마른침을 꿀꺽 삼켰다.

파스칼 역시 제법 잔뼈가 굵은 기사였다. 그럼에도 사란이 다가오는 것을 전혀 느끼지 못한 것이었다.

몇 번 사란과 카인의 수련을 지켜본 일이 있었다. 주변의 마나를 움직이는 카인은 말 그대로 괴물이었다.

하지만 파스칼의 입장에서는 카인에게 기습 공격을 날리던 사란 역시 자신이 어찌하지 못할 괴물이라는 사실을 실감했다.

"그런데 그 검은 왜 들고 있는 거야?"

"거, 검은 그냥 운동 삼아……."

파스칼은 재빨리 검을 집어넣고 호숫가로 움직이고 있는 캡슐을 바라보았다.

"도련님!"

파스칼이 급히 캡슐을 향해 달려갔다.

"어이! 검은 왜 뽑았냐고?"

"도련님! 크흐흑……."

그리고 잠시 후 캡슐이 열렸다.

푸슝!

캡슐 속에 아렌은 처음 들어갈 때와 똑같은 모습으로 누워 있었다.

"어이! 아렌! 일어나!"

카인은 아렌의 뺨을 살짝 치면서 아렌을 깨웠다.

수면제의 약효가 소멸될 시간이 지났기에 아렌만 정신을 차리면 되는 상황이었다.

"으음……."

조금씩 눈을 뜬 아렌은 눈이 부신 듯 눈살을 찌푸렸다. 하지만 이내 카인을 알아보았다.

"혀, 형님?"

"그래, 잘 잤냐?"

카인의 물음에 아렌이 의아한 표정으로 고개를 두리번거렸다.

"잠깐 눈만 감고 있었는데… 그런데 치료는 언제 시작하는 거죠?"

수면 성분에 의해 강제로 잠이 들었던 아렌은 자신이 어떤 상황인지 인지하지 못하고 있었다.

카인은 피식 웃으며 사실을 알려주었다.

"치료 끝났어. 너 몸이 좀 가볍지 않냐?"

"예? 끝났다구요?"

아렌은 그저 잠시 눈을 떴다가 감은 기억 밖에 없었다. 그런데 벌써 치료가 끝났다고 하니 믿어지지 않았다.

"도련님……."

아렌의 눈에 피부가 푸석해지고 눈이 퀭해진 파스칼의 모습이 보였다.

"파스칼! 대체 무슨 일이 있었던 거야? 왜 이런 몰골이 된 거야?"

"도련님! 흑흑흑……."

파스칼은 죽은 아렌이 다시 살아온 사실에 크게 감동해서 눈물을 흘렸다. 그리고 그때 다가온 소피가 파스칼에게 미소를 지으며 조용히 말했다.

"그런데 아까 칼은 왜 빼든 거야?"

"헛… 그, 그게……."

"파스칼! 칼은 왜 빼들고 있는 거야?"

파스칼의 얼굴이 사색이 되었다.

"그게… 칼이 녹이 슬었나 싶어서… 죄송합니다."

추적

"흑마법사들이 마탑을 점령했다고요?"

아렌은 놀란 표정으로 되물었다.

전통적으로 마탑은 흑마법사들과는 상극이다.

그런 마탑을 흑마법사들이 점령했다는 사실이 이해가 되지 않았다.

"후아킨이라는 분을 우리가 구출했거든."

"혹시 그분, 실종된 전대 마탑주가 아닌가요?"

"맞아."

소피는 아렌에게 후아킨에게 전해들은 것들을 이야기 해주었다. 그러자 아렌이 혼란스러워했다.

"아버지가 흑마법사들의 토벌을 위해 손을 잡은 곳이 마탑이었습니다. 그런데…….."

전혀 앞뒤가 맞지 않는 상황이었다.

헤르미온 공작가에서는 알카에자 후작가가 흑마법사들과 모종의 관계를 맺고 있다고 판단하고 있었다.

그리고 그 정보들 가운데 상당수가 마탑을 통해 입수한 정보였다.

덕분에 빠르게 흑마법사들을 토벌하고 알카에자 후작가를 압박할 수 있었다.

"그런데 그들이 흑마법사들이라니… 혹시, 다른 왕국의 상황도 마찬가지인가요?"

"글쎄, 다른 국가들은 나도 잘 모르겠다."

아스 왕국의 마탑이 흑마법사들의 손에 넘어간 것이라면 다른 왕국에 존재하는 마탑들도 안전하지는 않을 것이라 생각했다.

"그렇군요. 단순히 아스 왕국 마탑만의 문제가 아니라면 신성제국에도 이 사실을 알려 경계를 하도록 해야겠네요."

아렌은 흑마법사들이 창궐하는 상황을 우려했다.

그런데 그때 카인이 아렌에게 물었다.

"그런데 말이야. 흑마법사들은 왜 그렇게 세상에서 미움을 받는 존재가 되어버린 거지?"

"그야 그들이 잔인한 실험을 자행하기 때문입니다."

"그들은 왜 그런 짓을 저지르고 다니는 거지? 그들의 목적이 뭔지는 알아야 하지 않을까?"

카인의 물음에 아렌은 잠시 말문이 막혔다.

흑마법사들의 악행에 대한 이야기는 많이 알려져 있었다.

대부분의 백성들은 흑마법사들의 실체를 알지 못한 채 그저 그들을 악마처럼 여길 뿐이었다.

귀족가에서 자란 아렌마저도 흑마법사들에 대한 정보는 그리 많지 않았다.

"원래 흑마법은 인간이 살기 힘든 혹한의 땅에서 발달했다고 들었습니다."

대륙의 북쪽에는 인간이 살아가기 힘든 얼어붙은 대지가 존재했다. 그리고 그곳에도 인간들이 왕국을 이루고 살아가고 있었다.

그곳에서 살아가는 사람들은 항상 일손이 부족했다.

마법사들은 심각한 노동력 부족을 보충하기 위해 연구를 시작했다.

그들은 골렘을 만들어 부족한 노동력을 대신했다.

"심지어는 죽은 사람도 언데드로 만드는 연구도 그때 시작되었다고 들었습니다."

"흐음, 결국 살아남기 위한 행동이었군."

흑마법사들의 시작은 생존을 위한 것이었다.

하지만 흑마법사들의 능력이 알려지기 시작하면서 암암리에 흑마법사들을 고용하는 귀족들이 많아졌다.

그렇게 흑마법사들은 서서히 세상으로 퍼져나갔다.

"문제는 흑마법사들이 전쟁에 동원되기 시작하면서부터입니다."

전쟁이 벌어지자 병력이 부족한 귀족들은 흑마법사들을 동원하기 시작했다.

인간의 시체가 걸어 다니는 괴기스런 모습에 사람들은 경악했다.

일부 지역에서는 살아 있는 포로들을 죽여서 괴물을 만들어내는 일도 서슴지 않았다.

그 끔찍한 상황이 이어지자 신성제국은 흑마법사들을 악으로 규정지었다.

이후 대륙 각 국가에서는 흑마법이 금지되었고, 붙잡힌 흑마법사들은 모두 죽임을 당하게 되었다.

흑마법사들을 토벌하기 위해 뭉친 연합군은 그대로 흑마법의 발원지인 북부의 왕국들을 공격했다.

"그때 북부의 왕국이 무너지고, 일부는 더욱 북쪽으로 숨어들었고, 또 일부는 신분을 숨긴 채 세상 곳곳에 숨어들었다고 들었습니다."

아렌의 이야기를 모두 들은 카인이 고개를 끄덕이며 상

황을 정리해 보았다.

"결국 비극의 시작은 욕심 많은 귀족들이었군."

그저 세상을 파괴하려는 미친놈들이라 생각했던 흑마법
사들이다.

하지만 흑마법사들도 욕심 많은 귀족들에게 놀아난 피해
자처럼 느껴졌다.

"그런 부분도 있지만 흑마법사들은 살육을 즐기는 악마
입니다. 그들로 인해 수많은 사람들이 죽어갔고요."

아렌은 모든 잘못이 흑마법사들에게 있다고 교육을 받아
왔다. 그리고 그것이 정의라 믿었다.

하지만 카인이 신중하게 한마디 물음을 던졌다.

"과연 흑마법사들이 죽인 사람들이 많을까? 아니면 왕
국들이 죽인 사람들이 많을까?"

"그, 그건……."

카인은 더 이상 이야기를 하지 않았다.

하지만 아렌은 이미 머릿속이 복잡한 모양이었다. 자신
이 알고 있던 가치관이 흔들리는 듯 보였다.

그 모습을 바라보던 카인이 아렌의 머리를 헝클면서 말
을 했다.

"그걸 따지고 들자는 건 아니야. 어찌되었건 지금 흑마
법사들의 행동은 그냥 복수에 미친 악마일 뿐이니까."

"……예."

흑마법사들에게도 사연은 있다. 어쩌면 그들은 세상을 상대로 복수를 꿈꾸고 있는지도 몰랐다.

하지만 흑마법사들이 벌이고 있는 끔찍한 행위들은 용서받을 수 없는 행위가 분명했다.

"일단 우리는 마탑이나 흑마법사에게는 관심 없어. 그저 흑마법사들 사이에 숨어버린 인간 하나를 찾으려는 것뿐이니까."

"그럼 어찌하실 생각이십니까?"

아렌의 물음에 카인도 고개를 가로저었다.

"일단 드러난 녀석부터 뒤져봐야지."

"아스 왕국의 마탑 말인가요?"

"그래, 그래서 네 가문을 좀 써먹을까 하는데, 괜찮겠냐?"

흑마법사들 속에 숨어버린 한태형을 찾기 위해서는 거대한 조직의 도움이 필요했다. 그리고 헤르미온 공작가는 충분한 역량을 갖춘 가문이었다.

더욱이 헤르미온 공작가는 흑마법사 토벌에 앞장서고 있는 가문이기도 했다.

아렌 역시 고개를 끄덕였다.

"그럼 저도 나중에 형님을 조금 이용해도 괜찮겠습니까? 저도 계속 당하고 있을 수는 없는 노릇이라서요."

헤르미온 공작가는 이미 흑마법사들과의 전쟁에 나선 상

황이다.

한태형을 찾으려는 카인과는 목적이 조금 다르지만 흑마
법사라는 공동의 표적을 가지고 있었기에 카인과 손을 잡
을 일이 많으리라 생각했다.

"뭐 귀찮게 하지만 않는다면…….."

아렌 역시 말을 돌리지 않고 직설적으로 이야기했다.

카인은 그런 아렌의 이야기에 피식 웃으며 손을 내밀었
다.

병약하기만 했던 아렌이었다. 하지만 건강을 회복한 아
렌은 더 이상 약한 아이가 아니었다.

"그럼 협상타결이다."

"예! 형님."

* * *

"드워프?"

카인이 의아한 표정으로 다시 물었다.

카인은 드워프라는 부족을 만나지 못했다.

"인간과 비슷한 녀석들이야. 그리고 손재주 하나는 뛰어
난 부족이었어."

"그런 부족이 있었군요. 엘프와 비슷한 존재들인가요?"

오사마는 드워프들에 대해서 생각나는 대로 이야기를 해

주었다.

"아! 그러고 보니 조금 이상한 게 있기는 했어."

"그게 뭐죠?"

오사마에게 드워프는 키도 작고 못생기고, 쓸데없이 고집이 강한 존재들이었다.

하지만 그들과 생활하면서 눈에 띄는 것도 있었다.

"이놈들한테서 일본의 냄새가 났단 말이지."

"일본이라고요?"

예상치 못한 대답에 카인이 놀란 표정을 지었다.

그러자 오사마가 고개를 끄덕였다.

"드워프들이 집에 들어갔는데 다다미 같은 게 깔려 있어서 물어봤더니 이름도 타타미라고 하더라구."

"우연치고는 많이 신기한 우연이네요."

"그렇지? 그리고 오타쿠 비슷한 말도 있고 말이야. 뭐 장인정신 운운하면서 자존심 세우는 것도 그렇고 하는 짓은 꼭 일본인들 같더라구."

오사마는 자신이 생각해도 말이 안 된다 생각하며 피식 웃었다.

지구의 모든 인류가 멸망한 세상이다.

그리고 10만년 이상의 시간이 흘렀다. 일본의 문화가 아직 남아 있을 리가 없다고 생각했다.

"그런데 그들이 정밀 부품을 생산할 수 있을까요?"

"대장간에서 망치나 두들기는 수준으로 산도깨비함의 수리에 필요한 정밀 부품을 만드는 건 무리야. 그래도 금속을 제법 다룰 수 있으니 간단 부품이라도 만들게 하면 될 것 같아."

드워프 마을에서 오사마가 보았던 드워프들의 재련 기술은 형편없었다.

그나마 망치로 두들기고 정밀하게 세공하는 실력은 인정할 만 했다.

산도깨비함의 수리에는 정밀한 부품도 필요하지만 정밀도를 요하지 않는 부품도 많이 필요했다.

하루라도 빨리 산도깨비함을 수리하기 위해서 드워프들의 손이라도 빌리고자 하는 것이다.

"그런데 그들이 돕지 않으면 어떡합니까?"

카인의 물음에 오사마는 씨익 웃으며 고개를 끄덕였다.

"실력은 허접한데 장인의 자존심은 높더라고. 그걸 조금 흔들어줄 생각이야."

드워프들과 함께 지내면서 이미 드워프들에 대해서 많은 것을 파악한 오사마였다.

특히, 드워프들은 자신들의 기술이 최고라 믿고 있었다.

심청의 드론이 발견되고 착륙선을 목격했을 때, 입을 다물지 못하던 그들의 모습을 기억했다.

오사마는 드워프들이 상상치도 못할 금속 지식과 기술력

을 가지고 있었다.

"흠, 금속에 대해서는 형님만 한 사람이 없죠. 그럼 드워프와 산도깨비함의 수리는 형님이 좀 맡아주세요."

파손된 엔진과 각종 구동 부위는 산도깨비함에 보관 중이던 예비 부품으로 수리를 진행 중이었다.

하지만 외부 갑판과 파괴된 골격 부위는 따로 예비 부품을 가지고 있지 않았다.

때문에 오사마가 직접 대체 가능한 금속 재료들을 구해서 수리를 진행하기로 한 것이다.

"물론이지! 대신 산도깨비함에서 맥주는 좀 꺼내 갈 거야."

"맥주를요?"

카인의 물음에 오사마가 인상을 찌푸리면서 말했다.

"드워프들이 아주 거지같은 맥주에 환장을 하더라구. 치맥이라도 좀 먹여가면서 부려먹어야지."

"그건 마음대로 하세요."

그렇게 오사마는 산도깨비함의 수리를 위해 호수 주변에 남기로 결정을 했다.

대체가 가능한 금속의 재료와 수량을 확인한 뒤에는 드워프들의 마을로 돌아갈 예정이었다.

그동안 카인은 한태형의 흔적을 찾는 일을 우선 과제로 설정했다.

산도깨비함에서의 반란 사건은 묻어두더라도 그가 탈취한 연구 자료들의 위험성 때문에라도 그의 신변을 확보할 필요가 있었다.

카인은 흑마법사들을 조사하여 한태형의 흔적을 찾을 계획이었다.

이를 위해 아렌이 헤르미온 공작가를 움직이기로 약속했다.

그 이후 산도깨비함을 이용해 남극에서 앨리스의 본체를 찾아볼 계획이었다.

앨리스는 이 세상에서 신적인 존재로 자리 잡고 있었다.

하지만 언제라도 폭주할 가능성도 함께 지니고 있는 인공지능이기도 했다.

앨리스가 통제가 불가능한 상황이라면 앨리스의 기능을 정지시키는 것까지 염두에 두고 있는 상황이었다.

다만 앨리스에게 접근이 가능할 지는 알 수 없었다.

때문에 당분간은 앨리스에 대한 걱정은 내려놓을 예정이었다.

* * *

"다른 길드들의 대답은?"

은밀히 용병길드로 돌아온 케이론은 마탑을 상대로 복수

를 준비했다.

마탑의 탑주인 메이슨은 거짓으로 의뢰를 했고, 직접 고용된 용병들을 죽이려는 시도도 했다.

목숨을 걸고 의뢰를 수행하는 용병들에게 거짓 의뢰와 고용주의 배신은 생명과 직결된 문제였다. 때문에 세계 각국의 용병길드에서는 이 문제를 심각하게 볼 수밖에 없었다.

길드로 돌아온 직후 케이론은 마탑의 배신 사실을 각국의 용병길드에 알린 상황이었다.

"이미 테론 왕국을 비롯한 다른 길드들은 우리와 뜻을 함께 하기로 했다. 다만 흑마법사에 대한 문제는 모두가 신중한 입장이야."

부길드장인 아베스는 타 국가의 용병길드에서 보내온 서신을 확인했다.

가짜 의뢰에 대해서는 함께 행동하겠지만 흑마법에 대한 문제는 또 다른 사안이었다.

"다들 몸을 사리는 건가?"

"확실한 증거도 잡지 못했으니 그럴 수밖에……."

케이론도 다른 용병길드의 입장을 이해 못 하는 것은 아니었다.

자신들 역시 흑마법 문제까지 거론하여 마탑을 압박하는 것은 쉽지 않다는 것을 알고 있었다.

"마탑에 직접 항의를 하고 막대한 배상금을 받아내는 것이 가장 현실적인 목표다."

아베스의 조언에 케이론이 고개를 끄덕였다.

생각 같아서는 마탑을 쓸어버리고 싶었다.

하지만 용병길드의 힘만으로는 승부를 장담할 수 없는 상대가 마탑이었다.

"관례대로 의뢰대금의 10배를 청구해야겠지."

"그게 가장 현실적이다. 그리고 흑마법에 대한 문제는 헤르미온 공작가에 정보를 흘리는 정도로 하면 좋을 것 같아."

아베스의 의견에 케이론도 고개를 끄덕였다.

최근 헤르미온 공작가가 알카에자 후작가가 흑마법사들과 연결되어 있다고 폭로하면서 공격을 했다.

흑마법사의 창궐은 아스 왕국에도 큰 부담이 되는 문제였다. 때문에 왕성에서도 헤르미온 공작가의 조사를 기다리는 상태였다.

하지만 알카에자 후작가에서 적극적으로 대응하면서 조사가 길어지고 있었다.

조사가 길어지면 정치적으로 불리해지는 것은 헤르미온 공작가였다.

그렇기에 헤르미온 공작가에서는 지금 흑마법사들의 흔적을 찾으려 혈안이 되어 있었다.

"헤르미온 공작가에서도 흑마법사들에 대한 정보라면 환영하겠군."

"그럴 거야. 그 문제는 우리가 어찌할 수 없다. 차라리 헤르미온 공작가에 정보만 넘기는 게 좋아."

"정보길드에도 협조를 요청해서 마탑에 대한 정보도 최대한 모아와. 그래야 마탑과 싸울 때 조금이라도 도움이 될 거야."

"명심하겠습니다."

용병길드의 위상을 회복하는 문제는 용병들의 미래가 달린 문제였다.

하지만 마탑은 용병길드의 힘으로 쉽게 복수할 수 있는 곳이 아니었다.

때문에 흑마법 문제를 거론하여 마탑을 흔들어놓고 최대한 유리한 고지를 차지하려 했다.

"우선 헤르미온 공작가에 은밀히 연락을 넣어야 할 거야."

"예! 알겠습니다."

용병길드의 방향이 정해지고 용병들은 각자 임무를 위해 케이론이 머물고 있는 안전가옥을 빠져나갔다.

케이론과 아베스는 당분간 마탑의 눈을 피해 안전가옥에 머무는 중이었다.

마탑에 대한 보복이 끝날 때까지는 비밀 유지를 위해서

라도 안전가옥에 머무를 생각이었다. 때문에 집안에는 두 사람만이 남아 있었다.

그리고 그때 케이론과 아베스의 뒤편에서 누군가의 목소리가 들려왔다.

"용병길드에는 나중에 따로 사과를 하도록 하겠네."

어둠 속에서 스르륵 모습을 드러낸 사람은 다름 아닌 전대 마탑주 후아킨이었다.

드워프 마을에 남아 있던 후아킨이 아스 왕국의 수도에 들어와 있었던 것이다.

마탑이 용병길드를 우롱했다고 하지만 마탑은 이미 흑마법사들에게 점령된 상태였다.

마탑에 대한 보복을 준비한다고는 하지만, 사실 마탑에 숨어든 흑마법사들을 파악하는 것이 우선이었다.

그때 아베스가 조심스럽게 입을 열었다.

"그런데 혹시 말이야."

"혹시?"

케이론이 의아한 표정으로 물었다.

"소피에게서는 연락이 없어?"

"어디 사는지도 모르고, 용병단 신청서에도 딱히 거처를 남기지도 않았더라… 응?"

케이론이 아베스를 향해 가늘게 눈을 뜨며 바라보았다.

"뭐, 뭐?"

"소피에게 마음이라도 있냐?"

"그, 그건 아니고……."

"하하하, 그래 너처럼 잘난 녀석이 그런 왈가닥 같은 여자를 좋아할 리가 없겠… 헉."

펑!

케이론이 급히 검을 뽑아 자신의 뒤쪽으로 휘둘렀다.

허공에서 화염이 폭발했고, 살벌한 목소리가 들려왔다.

"왈가닥? 설마 나한테 하는 소리는 아니겠지?"

어느새 케이론의 사방이 화염구로 포위된 상태였다.

케이론이 마른침을 꿀꺽 삼켰다.

눈앞에는 짜증 섞인 표정의 한 여인이 서 있었다.

"소, 소피……."

카인과 함께 할 때의 여성스러운 모습은 찾아볼 수 없는 사나운 모습의 그녀였다.

* * *

똑똑!

헤르미온 공작의 집무실 문을 두드리는 소리가 들렸다.

"들어와."

헤르미온 공작의 목소리가 들렸고, 이내 문이 열렸다. 그리고 헤르미온 공작의 얼굴이 살짝 밝아졌다.

166

문으로 들어선 사람은 바로 아렌이었다.

공작가를 떠날 때와는 달리 많이 건강해진 모습이었다.

"다녀왔습니다."

"아렌⋯⋯."

굳이 물어보지 않아도 아렌이 건강해졌음을 느낄 수 있었다.

수많은 마법사와 성직자들이 아무런 도움도 주지 못했던 아렌이었다.

하지만 이제 아렌의 모습에서 아픈 기색은 찾아볼 수 없었다.

"좋아 보이는구나."

"예, 이제 더 이상 죽음을 두려워하지 않아도 괜찮게 되었습니다."

"잘 돌아왔다."

헤르미온 공작은 아렌을 꼭 안아주었다.

정치 싸움 때문에 제대로 지켜주지 못했던 아들에 대한 미안함이 컸다.

그런데 아렌이 조용히 입을 열었다.

"아버지께 말씀드리고 싶은게 있습니다."

아렌의 차분한 음성에 헤르미온 공작은 의아한 눈빛을 보냈지만 이내 아렌의 이야기를 듣기로 했다.

"말해 보거라."

"최근 저희 가문에서 흑마법사들을 추적하고 있다고 들었습니다."

"아스 왕국을 수호하는 입장에서 당연한 일이다. 흑마법사들이 아스 왕국에 준동한다면 아스 왕국의 미래는 없다."

알카에자 후작가의 영역에서 흑마법사들의 흔적이 발견된 것은 사실이었다.

하지만 그 이후에는 별다른 진척이 없었다.

때문에 지금은 알카에자 후작가와 헤르미온 공작가의 힘 겨루기 양상으로 변질되는 느낌도 없지 않았다.

알카에자 후작가에서는 헤르미온 공작가가 자신들에 대해 정치적 압박을 가하고 있다고 주장하면서 저항을 하는 중이었다.

"마탑과 손을 잡고 계십니까?"

"너도 알다시피 흑마법사들을 상대하기 위해서는 마탑의 힘이 반드시 필요하다."

아버지의 이야기에 아렌도 고개를 끄덕였다.

단순히 기사들의 힘만으로는 흑마법사들을 상대하는데 한계가 있을 수밖에 없다.

헤르미온 공작가에도 마법사들이 있지만, 흑마법사들을 전문적으로 상대하기에는 부족한 숫자였다. 때문에 마탑의 협조가 반드시 필요했다.

"하지만 마탑을 신뢰할 수 있습니까?"

"무슨 소리냐?"

아렌을 데리고 가던 카인도 마탑에 대한 이야기를 남겼었다.

공작가 한복판에서 자신을 위협할 수 있을 정도의 실력자인 카인이었다.

그런 카인의 이야기였기에 마음 한구석에 찜찜함이 남아 있었다.

그리고 아렌은 자신이 알고 있는 것을 이야기했다.

"마탑이 흑마법사들에게 장악된 것 같습니다."

그 순간 헤르미온 공작의 움직임이 멈추었다.

그리고 헤르미온 공작이 아렌을 똑바로 바라보았다.

"네가 직접 확인한 것이냐?"

그 물음에 아렌이 고개를 가로저었다.

"카인 형님의 일행 분들께서 확인한 사실입니다."

"만에 하나 잘못된 정보라면 그것이 우리 가문에 큰 피해를 입힐 수 있다. 알고 있느냐?"

헤르미온 공작의 물음에 아렌이 고개를 끄덕였다.

그는 카인과 소피, 오사마들을 전적으로 신뢰했다.

"모든 것이 확인될 때까지는 모른 척 하시면 됩니다. 다만 마탑과 너무 가까워지지는 마시구요."

"당연한 일이다."

마탑과 흑마법사의 결합은 충격이었다.

하지만 마탑의 영향력을 생각한다면 섣불리 움직일 수 없는 것도 사실이다.

고개를 끄덕인 헤르미온 공작은 아렌의 얼굴을 물끄러미 바라보았다.

똑똑하고 배려심 깊은 아들이었다.

아렌의 친모가 사망하고 클라우디아가 후처로 들어왔지만, 불만 한마디 내뱉지 않았던 아들이다.

죽음밖에 없는 상황에서는 애써 혼란을 만들지 않고 혼자 조용히 죽음을 기다렸던 아렌이었다.

그런 아렌의 눈빛이 달라져 있었다.

그리고 그런 아들의 변화를 아버지가 가장 먼저 알아보았다.

"결심을 하고 온 모양이구나."

헤르미온 공작의 이야기에 아렌이 고개를 끄덕였다.

"착한 것이 정의는 아니라는 생각이 들었습니다."

"하지만 네가 가진 힘으로 가능하겠느냐?"

아렌이 죽어가는 동안 클라우디아는 자신의 세력을 크게 확장시켰다.

"가신들 가운데 상당수가 클라우디아에게 굴복하여 빈센트를 지지하고 있다. 네 힘으로 그들의 마음을 돌리는 것은 쉽지 않을 것이다."

몇 년 동안 아렌은 병약한 모습이었다.

가신들은 노골적으로 병약한 아렌이 아닌 베일린 후작가의 힘까지 등에 업을 수 있는 빈센트가 공작가의 후계자가되어야 한다고 말하는 중이었다.

특히, 클라우디아의 최측근들은 언제라도 아렌을 제거하기 위해 혈안이 되어 있는 상황이었다.

헤르미온 공작에게는 빈센트 역시 자신의 아들이었다.

가신들의 의견을 무시하고 일방적으로 아렌을 지지하기에는 무리가 있었다.

더욱이 베일린 후작가와 많은 영역에 걸쳐 손을 잡고 있는 상황이기에 클라우디아를 배척하고 아렌을 지지하기는 힘들었다.

하지만 아렌은 미소를 지었다.

"시간이 오래 걸릴지도 모르겠지만 그들 모두가 헤르미온 공작가의 사람으로 돌아올 것이라 믿습니다."

"후후후, 믿는 구석이 있는 모양이구나."

헤르미온 공작은 아렌의 뒤에 카인이 있다고 믿었다.

그리고 아직 공식적으로는 아렌이 헤르미온 공작가의 후계자였다.

아렌이 어떻게 자신의 자리를 찾을지 기대가 되었다.

그리고 아렌이 고개를 끄덕였다.

"당장 흑마법사들의 문제부터 해결해야겠습니다."

           *   *   *

　쾅쾅!

　한 사내가 아스 왕국의 수도 외곽에 세워진 거대한 5층 건물의 문을 두들겼다.

　그들이 문을 두드리고 있는 건물은 귀족들의 대저택에 버금가는 규모였다.

　하지만 귀족들의 화려한 저택과는 달리 투박한 외관을 지니고 있었다.

　그곳은 마법사들의 연구시설과 숙소, 자료실 등이 들어서 있는 건물이었고, 별의 관측을 위해 높은 탑이 세워진 것이 특징이었다.

　사람들은 그곳을 마탑이라고 불렀다.

　아침부터 누군가 마탑의 문을 두드리는 중이었다.

　"웬 놈들이냐?"

　정문 옆에 만들어진 쪽문이 열리면서 로브로 얼굴을 가린 마법사 한 명이 모습을 드러냈다.

　그는 불쾌한 듯 사내를 쏘아보았다.

　강력한 힘을 지닌 마법사들이 머물고 있기에 누구도 마탑을 함부로 대하지 않았다.

　그런데 사내가 겁 없이 아침부터 마탑의 문을 두드린 것이다.

사내는 아랑곳하지 않고 자신의 용무를 말했다.

"우리는 용병길드의 서찰을 가지고 왔다."

"용병길드?"

사내는 품안에서 한 장의 서찰을 꺼내 마법사에게 전달했다.

자신의 할 일을 마친 사내는 대화를 더 이어나가는 일 없이 곧바로 돌아섰다.

돌아선 사내는 다름 아닌 아레스였다.

아레스는 빠른 걸음으로 마탑에서 멀어지면서 허공에 대고 살짝 입을 열었다.

"스파이 드론 작동시킵니다."

아레스의 손에서 작은 벌레 같은 것이 조용히 날아올랐다.

그 작은 벌레는 빠르게 날아올라 마탑의 창문 틈으로 몸을 숨겼다.

작은 벌레가 안으로 침투하는 것을 확인한 아레스는 서둘러 마탑을 벗어났다.

아레스가 돌아서는 모습에 마법사는 살짝 인상을 찌푸렸다.

"제길……."

텅!

서찰은 전해 받은 마법사는 곧바로 문을 닫았다.

그는 빠르게 서찰을 들고 건물 안쪽으로 급히 걸음을 옮겼다.

잠시 후 그는 몇몇 사내들이 앉아 있는 회의실로 들어섰다.

대부분의 마법사들이 잠들어 있을 시간이었지만 회의실에는 여러 명의 마법사들이 자리하고 있었다.

그들은 이미 아침부터 누군가 찾아온 사실에 신경을 곤두세우고 있었다.

그곳의 중심에 마탑주인 메이슨이 자리했다.

"무슨 일인가?"

메이슨의 물음에 서찰을 가져온 마법사가 굳은 표정으로 고개를 숙였다.

"아무래도 용병 길드가 움직인다는 첩보가 사실인 것 같습니다."

사실 메이슨들은 용병길드가 병력을 모으고 있다는 사실을 미리 파악하고 있었다.

하지만 그것이 마탑과 관련이 있는지 확신이 없었다.

그런 상황에서 메이슨에게 편지가 전달되었다.

"이건 뭐지?"

"조금 전 용병길드에서 보내온 서찰입니다."

메이슨이 급히 서찰을 열어보았다.

서찰의 내용은 간단했다.

"용병놈들이 던전에서의 일을 문제 삼아 막대한 배상금을 요구하고 있군. 만약 거절한다면 오늘 마탑을 공격하겠다는군."

메이슨이 용병들의 서찰에 피식 웃음을 지었다.

가뜩이나 용병길드의 움직임이 신경 쓰이던 상황에서 용병들 스스로 자신들의 움직임을 알려온 것이다.

"멍청한 놈들이군요. 자신들의 움직임을 모두 알려주다니 말입니다."

메이슨이 편지를 불태우며 고개를 끄덕였다.

"흐음, 지난번에 탈출한 그 용병들이 결국 돌아온 모양이구나."

"아무래도 그런 것 같습니다."

크리스탄의 유적에서 죽었어야 할 용병들이 있었다.

그들이 탈출한 것은 메이슨도 이미 알고 있던 사실이다.

마탑에서 그들의 목숨을 위협한 상황이었다. 때문에 그들이 용병길드로 돌아간다면 용병길드 전체의 보복 공격이 있을지도 모른다 생각했다.

"그런데 단순히 배상금을 요구했다고? 대체 의도가 뭔지 모르겠군."

자신들의 목숨이 농락당했는데 당장의 복수보다 배상금을 요구한다는 사실에 실소가 나왔다.

하지만 또 다른 마법사는 그들의 요구를 이해할 수 있다고 생각하기도 했다.

"무식한 용병들입니다. 마탑과의 대립보다는 실리를 택한 것이 아니겠습니까? 하지만 최근 용병길드가 병력을 모으고 있다는 소문은 사실인 듯합니다."

"그렇습니다. 명분을 가지고 있다지만 마탑과의 싸움은 그들에게도 부담일 것입니다. 때문에 보상금을 제시하여 실리를 챙기고 넘어가려는 수작으로 보입니다."

마법사들은 용병들이 자존심을 버리고 실리를 택한 것인지도 모른다 생각했다.

하지만 메이슨은 고개를 가로저었다.

"탈출한 그놈들이 돌아온 것은 확인되었나?"

"놈들이 용병길드로 돌아오지는 않았습니다. 하지만 타 왕국의 용병길드로 마탑에 대한 공동 대응을 요청하는 서신이 보내진 것을 확인했습니다."

메이슨은 던전에서 흑마법사의 흔적을 함께 지켜보았던 용병들을 찾길 원했다.

그들은 메이슨이 흑마법에 손을 대고 있다는 사실을 알고 있는 존재들이었다.

"배상금은 문제가 아니다. 어차피 그들의 입을 막지 못한다면 우리의 정체가 드러날 수밖에 없다."

용병들이 자신들에 대한 정보를 흘리기라도 한다면 오랜

세월 공을 들인 마탑에서 철수할 수밖에 없게 된다.

그래서 용병들이 돌아오기 전에 반드시 그들을 제거했어야 했다.

하지만 용병들이 배상금을 요구한 것으로 봐서는 이미 그들이 용병길드와 연락이 닿은 듯 보였다.

더 이상의 조치가 없는 것이 조금 이상하기는 했지만 자신들의 정체가 드러났다고 할 수 있는 상황이었다.

"아무래도 우리의 눈을 피하기 위해 은밀히 움직인 모양입니다."

"그럴 테지, 놈들도 바보가 아니라면 우리가 기다리고 있다는 사실을 모르지 않을 테니까."

메이슨은 케이론들이 결국 용병길드와 합류했다고 판단했다.

하지만 이미 예상하고 있던 일이기도 했다.

"흔적은 모두 지웠나?"

"예! 놈들이 탈주한 시점에 이미 숨겨둔 연구소들을 폐쇄했습니다. 언제든 마탑을 버릴 수 있습니다."

케이론들이 탈출한 직후 마탑에 남겨진 흑마법사들의 흔적은 이미 모두 지워진 상태였다.

용병들과 별다른 문제가 없다하더라도 마탑을 떠날 때가 되었다고 생각했다.

"조만간 대공 전하께서 오실 것이다. 마탑을 떠나 대공

전하와 합류한다."

"예!"

용병길드가 두렵지는 않았다.

하지만 그들이 흑마법에 대해 알고 있다는 점이 부담스러웠다.

언제라도 자신들의 신분이 탄로 난다면 전 대륙의 공적이 될 것이 뻔했다.

때문에 마탑은 이미 버려야 할 곳이었다.

그래서 언제라도 떠날 수 있도록 흔적을 미리 지워놓은 것이다.

"서둘러라! 시끄러워지기 전에 빠져나간다."

하지만 그들은 자신들을 바라보는 눈이 있다는 사실을 미처 알아차리지 못하고 있었다.

마탑의 창문으로 작은 벌레 크기의 로봇 하나가 안으로 들어왔다.

침투한 로봇은 이미 회의실 천장에 자리를 잡고 그들의 모습을 관찰 중이었다.

마나에 민감한 마법사들이지만 마나를 사용하지 않는 기계의 침투는 전혀 알아차리지 못했다.

덕분에 그들의 움직임과 대화는 이미 심청을 통해 카인에게 모두 전달되었다.

* * *

—메이슨을 확인했습니다.

심청은 마탑에 아직 메이슨이 남아 있음을 확인했다.

"서찰이 전해졌으니 한창 바쁘겠군."

—마법사들이 마탑을 떠날 준비를 하고 있습니다.

심청의 보고를 받은 카인은 멀리서 마탑의 모습을 지켜보는 중이었다.

아스 왕국의 수도 외곽에 위치한 거대한 규모의 마탑은 조용한 모습이었다.

하지만 마탑 내부에서는 마법사들이 분주하게 탈출할 준비를 하고 있었다.

"마법진의 통제는 어찌되었지?"

—아스 왕국 수도의 마법 이동은 헤르미온 공작가의 요청으로 어제 저녁부터 통제가 되었습니다.

대부분의 왕국에서는 왕성이나 수도에서 마법이동이 엄격하게 금지된다.

국왕에 대한 암살을 우려하여 내리는 조치였다.

마법을 이용한 기습 공격을 막기 위해 수도에는 마나를 교란할 수 있는 마법진이나 아티펙트가 설치되는 것이 보통이다.

아스 왕국 역시 평상시에는 왕성에서만 마법을 사용한
이동이 금지된다.

하지만 전쟁과 같은 위기 상황에서는 수도 전체에 마법
이동 금지 구역이 확대된다.

그런데 어젯밤 헤르미온 공작가의 요청에 의해 일시적으
로 수도 전역에 마법 이동이 금지되었고, 마나를 교란하는
아티펙트들이 작동되기 시작했다.

"용병들은 어쩌고 있어?"

―후방에서 대기 중입니다. 마탑에서도 상황을 인식했
을 것입니다.

용병길드에 모여든 용병들은 마탑이 거짓 의뢰를 했고,
이로 인해 케이론들이 위기를 겪었다는 사실만 알고 있었
다.

거짓 의뢰는 용병들의 생명과 직결된 문제이기에 용병들
도 이번 일을 심각하게 생각하고 있었다.

하지만 용병길드의 힘으로 마탑을 응징하는 것은 사실상
불가능에 가까웠다.

때문에 용병길드는 공식적인 항의와 함께 막대한 배상금
을 먼저 요구하면서 무력시위를 펼칠 예정이었다.

그리고 케이론은 헤르미온 공작가에 마탑이 흑마법사의
던전을 발굴하고 있다는 사실을 알릴 계획이었다.

마탑이 흑마법사와 관련이 되었다는 정보만으로도 마탑

은 큰 타격을 받을 것이라 생각한 것이다.

하지만 용병길드에서도 아레스가 미리 경고 편지를 보낸 사실은 까맣게 모르고 있었다.

덕분에 메이슨을 비롯한 흑마법사들은 용병들이 무력시위를 위해 들이닥치기 전에 마탑을 버릴 시간을 벌게 되었다.

"놈들은 결국 흔적을 지우고 마탑을 버릴 속셈이겠군."

카인의 곁으로 다가온 사람은 전대 마탑주인 후아킨이었다.

"아마도 마탑을 이용해 시선을 분산시키고 도주하겠지요."

"애꿎은 마법사들의 희생을 없애는 것이 관건이겠군."

후아킨은 안타까운 표정을 지어보였다.

메이슨이 마탑을 점령했다고는 하지만 마탑의 모든 마법사를 손에 넣은 것은 아니었다.

세상일에 관여하기 싫어하는 마법사들은 마탑이 어떻게 돌아가는지에 관심도 없는 경우가 대부분이었다.

그 덕분에 마탑으로 침투한 메이슨은 더욱 쉽게 마탑을 장악할 수 있었다.

"케이론이 잘 해낼 겁니다."

"고맙네."

후아킨이 진심으로 카인에게 감사의 인사를 전했다.

카인이 아니었다면 마탑은 치명상을 입고 수많은 마법사들이 목숨을 잃었을지 모를 일이었다.

그리고 그때 심청의 음성이 들려왔다.

—함장님! 그들이 움직이기 시작했습니다.

척.

검은 로브를 걸친 마법사들이 말에 올랐다.

그들의 선두에는 현 마탑주인 메이슨이 있었다.

"하필 이럴 때 마법진을 사용할 수 없을 줄이야."

만약의 상황이 닥쳤을 때 마법진을 통해 마탑을 빠져나갈 계획이었다.

하지만 무슨 일인지 지난밤 갑자기 아스 왕국 수도에 마법이동 금지령이 내려진 상태였다.

때문에 메이슨의 표정이 좋지는 않았다.

"용병들이 집결했다고 합니다. 하지만 놈들이 정말로 마탑을 공격할 가능성은 높지 않을 것입니다."

"S급 용병들이 참여했다면 놈들이 무슨 짓을 벌일지 모른다. 무엇보다 싸움이 벌어지면 왕국에서도 주목할 것이다. 싸움이 벌어지면 명분에서 불리한 것은 마탑이 될 것이다."

메이슨은 이미 용병길드가 마탑과의 전쟁을 벌일지도 모른다고 짐작하고 있었다.

어쩌면 용병길드가 마탑에서 흑마법에 대한 연구가 진행된 사실을 밀고했을 가능성도 없지 않았다.

"더욱이 마탑의 쓸모가 이제 끝난 상황이니 철수할 때도 되었지."

갑작스런 지하 공간의 붕괴로 인해 크리스탄의 유적은 더 이상 발굴이 불가능해졌다.

더 이상 마탑을 이용할 가치가 없어진 상황이다.

또한 마탑이 건재하다면 언제라도 흑마법사들에게 위협이 될 수밖에 없었다.

이대로 마탑이 붕괴한다면 흑마법사들에게는 더없이 유리한 상황이 될 것이다.

"훗, 그 정도로 당했으니 당연한 일이겠지. 그렇게 서로 싸워준다면 더 없이 좋은 일이지. 차라리 용병들에 의해 마탑이 파괴되면 더더욱 좋겠군."

마탑은 과거 흑마법사들을 척살하는데 앞장섰던 곳이었다.

때문에 흑마법사들로서는 마탑의 마법사들이 원수나 마찬가지였다.

"1층을 비우고, 마법서에는 불을 질러라. 마법사놈들이 정신없이 용병들과 싸우도록 말이야."

"예! 알겠습니다."

"우리는 이곳에서 사라진다."

메이슨의 명령을 받은 마법사들은 신속하게 움직였다.

"해리! 아침부터 어쩐 일이야? 넌 교대 근무도 아니지 않
나?"

밤새 서재를 지키던 당직 마법사가 아침부터 서재를 찾
아온 동료에게 말을 건넸다.

"잠이 안 와서 말이야. 책 좀 볼까하고."

"훗, 미래의 대마법사님께서 무슨 책을 보시려나?"

당직 마법사는 장난기 어린 목소리로 말을 했다.

해리라는 마법사는 피식 웃으며 당직 마법사의 곁으로
다가왔다.

"이거라도 좀 마셔."

해리는 물이 든 컵을 가지고 왔다.

"네가 웬일로 친절하냐."

당직 마법사는 아무런 의심 없이 컵을 받아들고 물을 마
셨다.

그런데 그때 물을 마시던 목덜미에서 뜨끔한 느낌이 일
었다.

"커억."

당직 마법사의 목에서 선혈이 터져 나왔다.

그는 자신의 목을 움켜쥐면서 해리를 노려보았다.

"조용히 죽어라."

하지만 목이 반쯤 잘려나간 그는 아무런 소리도 지르지 못하고 그대로 쓰러졌다.

친구라 믿었던 해리였기에 아무런 의심도 하지 못하고 그대로 죽음을 맞이했다.

해리는 무표정한 얼굴로 자신이 죽인 친구를 힐끗 보았다.

그리고 이내 벽에 걸린 촛불로 종이 뭉치에 불을 붙였다.

그는 불붙은 종이를 그대로 서재에 던져 넣고는 조용히 밖으로 빠져나갔다.

해리뿐만 아니라 마탑 곳곳에서 마법사들이 횃불을 마탑 안쪽으로 던져 넣었다.

그리고 메이슨을 포함한 마법사들은 그대로 뒷문을 열고 마탑을 빠져나가기 시작했다.

다그닥 다그닥.

메이슨 일행은 사람들의 이목을 끌지 않기 위해 다소 천천히 북쪽 평원으로 이어진 관도를 따라 이동했다.

그런데 그때 관도 옆 폐가의 담장 사이에서 작은 대롱이 모습을 드러냈다.

대롱은 정확히 로브를 쓴 메이슨 일행을 향해 있었다.

슉!

대롱에서 뭔가가 발사되었다.

착!

대롱에서 발사된 작은 금속 조각이 날아가 메이슨의 로브에 그대로 박혔다.

그 크기가 너무 작았기에 메이슨은 로브에 붙은 그것을 발견하지도 못했다.

지금 당장은 마탑을 떠나는 것이 우선이었기에 메이슨은 부지런히 말을 몰아 그곳에서 사라졌다.

잠시 후 폐가의 담장에서 작은 대롱을 손에 쥔 누군가가 유령처럼 모습을 드러냈다.

"임무 완료."

그녀는 바로 암살자 사란이었다.

사란은 카인의 부탁을 받고 메이슨의 옷에 작은 추적기를 부착했다.

후아킨을 통해 마탑의 모든 출입구를 확인한 이후 그녀는 메이슨이 탈출할 경로를 예측하고 미리 은신을 하고 있었던 것이다.

그녀는 자신이 메이슨의 옷에 부착한 것이 추적기라는 사실을 알지 못했다.

그녀가 추적기를 부착한 순간부터 추적기에서 신호를 발신하기 시작했다.

그리고 그 신호는 그대로 심청을 통해 카인에게 전달되었다.

임무를 마친 사란은 곧장 폐가 뒤편에 묶어놓은 말을 타고 카인에게 합류하기 위해 달려갔다.

"웅? 저건…….."

숙소에서 막 깨어난 마법사가 창밖으로 달려오는 수많은 기마를 발견했다.

"대체 뭐야? 누군가 쳐들어오는 거 아닌가? 왜 아무런 경고도 없는 거야?"

마법사는 즉시 소리를 치면서 달려 나왔다.

하지만 어찌된 일인지 마탑에는 별다른 경고음도 들리지 않았다.

"뭐가 어떻게 된 거야?"

대부분의 마법사들이 마법 연구에 빠져서 마탑의 운영에는 관심이 없는 게 보통이다.

하지만 마탑주를 비롯한 마탑의 운영주체들은 항상 마탑의 업무를 관장했고, 비상 상황 역시 그들이 컨트롤타워 역할을 했다.

그는 급히 1층으로 달려 내려갔다.

"헉! 이, 이게 어떻게 된 일이야?"

1층의 로비 쪽에는 항상 관리자들이 상주하고 있어야 했다.

하지만 1층 로비에는 이미 숨소리조차 들리지 않는 여러 구의 시신들이 놓여 있을 뿐이었다.

"제기랄."

그는 급히 출입구 쪽으로 달려가 벽에 달린 비상용 종을 힘차게 쳐댔다.

땡땡땡!

시끄러운 종소리가 마탑에 크게 울려 퍼졌다.

그런데 그때 또다시 누군가의 목소리가 들려왔다.

"불이다!"

마탑에서 치솟는 불길들로 인해 마법사들은 한바탕 소란을 피웠다.

마법사들에게 무엇보다 귀중한 서고 쪽에서 치솟은 불길은 순식간에 큰 불로 발전했다.

뒤늦게 자신들의 숙소에서 달려 나온 마법사들은 어리둥절해 하면서 어쩔 줄 몰라 했다.

당연히 화재를 수습해야 할 마탑의 운영자들이 보이지 않았다.

뒤늦게 달려온 몇몇 마법사들이 물을 뿌리기 시작했고, 일부 마법사들은 마법을 이용하여 불길을 잡으려 했다.

"마법서를 조심해!"

"탑주는 어디 있어?"

위기에 대응할 컨트롤타워 역할을 해야 할 운영주체들의 모습이 보이지 않았다.

이제 막 연구실에서 뛰쳐나온 마법사들이 우왕좌왕하는

동안에도 불길은 더욱 커져만 갔다.

몇몇 마법사들은 바깥에서 달려오는 기마들을 발견했지만 아무런 대응도 하지 못했다.

"저놈들은 또 뭐야?"

"적인가?"

마법사들은 달려온 용병들의 모습에 잔뜩 긴장했다.

불을 먼저 꺼야 할지, 용병들을 상대해야 할지 감이 잡히지 않았다.

만약 달려온 기마들이 마탑을 공격하기라도 한다면 막대한 피해를 입을 것이 뻔한 상황이었다.

"이, 일단 놈들을 막아야…….."

일부 마법사들이 마법을 일으키며 달려오는 용병들을 바라보았다.

용병들이 난입하려 한다면 지체 없이 마법으로 공격을 퍼부을 생각이었다.

하지만 무기를 들고 마탑을 무너뜨릴 것처럼 달려오던 용병들 선두에서 누군가 크게 소리쳤다.

"정지! 정지!"

"정지!"

케이론의 갑작스러운 외침에 용병들이 일제히 멈춰 섰다.

"왜 그래? 안에서 불이 난 것 같은데. 지금 덮치면 이길 수 있다고."

용병들은 이해할 수 없다는 표정으로 케이론을 바라보았다.

"저 마법사들을 상대하면 네놈이 죽을지도 모르는데 괜찮겠어?"

"그, 그거야……."

용병들도 마법사들의 위력을 모르지 않았다.

몇몇 마법사들은 이미 마탑의 정문에서 마법을 준비 중인 듯 보였다.

그 모습에 케이론은 크게 소리쳤다.

"우리의 임무는 여기까지다. 모두 무기를 거둬!"

"노, 놈들이 갑자기 멈췄는데?"

"대체 무슨 일이야? 저놈들이 불을 지른 건가?"

무기를 들고 돌진하던 용병들이 한순간에 갑자기 멈춰섰다.

그리고 공격의사가 없다는 듯 무기를 집어넣는 모습이 보였다.

마법사들 역시 여전히 갈피를 잡을 수 없었다.

그때 갑자기 마탑 내부의 마나가 요동치기 시작했다.

"헉 이런 마나라니……."

단숨에 거대한 마나가 모여들었고, 우왕좌왕하던 마법

초인류
연대기

190

사들이 모두 그것을 느끼고 고개를 돌렸다.

"아쿠아 스톰!"

거대한 마나는 순식간에 주변의 수분을 빨아들였다.

그 순간 수많은 물방울들이 허공에 형성되면서 폭풍우처럼 몰아치기 시작했다.

치이익!

거세게 일어나던 불길이 강력한 물보라에 휩싸이면서 빠르게 기세를 잃어갔다.

"불길이 잡힌다."

수많은 서적들이 물에 젖어들고 있었지만 마탑을 집어삼키던 불길은 빠르게 사그라들었다.

그때 마법을 사용한 마법사가 소리쳤다.

"뭣들 하는가? 어서 남은 불씨들을 잡아라!"

그제야 마법사들은 마법을 사용한 마법사를 알아볼 수 있었다.

"후, 후아킨님?"

"인사는 나중에 하고 일단 불을 끄도록!"

"아, 알겠습니다."

마법사들은 정신없이 달려들어 아직 꺼지지 않은 작은 불길을 잡기 시작했다.

그 순간 마탑의 문이 열리면서 기마를 타고 왔던 용병들이 뛰어들었다.

케이론은 용병들에게 크게 소리쳤다.

"쳇, 일단 모두 불길을 잡아!"

"알았수다!"

마탑으로 달려든 용병들은 능숙하게 불씨들을 밟아서 꺼트리기 시작했다.

마법사들은 용병들이 왜 달려왔는지 영문도 모른 채 용병들과 함께 불길을 잡아나갔다.

"우리가 왜 불을 끄고 있는 거야? 마탑을 때려잡으러 온 거 아니었어?"

"나도 모르지, 길드장이 하도 지랄하니까 끄긴 하는데……."

마탑을 상대로 한바탕 복수를 생각했던 용병들은 갑자기 바뀌어버린 상황이 잘 이해되지 않았지만 일단은 케이론의 지시를 따를 수밖에 없었다.

용병들이 물을 뿌리고, 마법사들이 마법을 사용하기 시작하자 불길은 빠르게 진정되기 시작했다.

그제야 마법사들은 실종되었다가 나타난 후아킨에게로 모여들었다.

"후아킨님! 살아계셨군요."

"어찌된 일이십니까?"

마법사들은 후아킨의 갑작스런 등장에 놀란 표정이었다.

후아킨은 마법사들을 바라보며 입을 열었다.

"원로들을 소집하도록 하게."

"예? 갑자기 무슨……."

"마탑이 흑마법사들에게 농락을 당했다."

후아킨의 이야기에 마법사들은 크게 놀란 표정이었다.

마탑의 운영에는 관심이 없었기에 마탑이 벌여온 일들을 제대로 알지 못하는 경우가 대부분이었다.

그래서 후아킨의 이야기는 더욱 충격이었다.

"마탑을 농락한 흑마법사들을 잡으러 간다."

초인류
연대기

함정

—신호가 느려지고 있습니다.

카인은 심청으로부터 연락을 받았다.

마탑에서 탈출한 메이슨 일행은 부지런히 말을 달려 먼 길을 이동했다.

그리고 그들이 드디어 목적지에 도착한 것으로 보였다.

"거기가 어디지?"

—위성지도를 전송하겠습니다.

심청의 이야기가 들려왔고, 잠시 후 카인의 고글에 지도 가 표시되었다.

하지만 카인은 지도에 표시된 위치를 알지 못했다.

"여기가 어디야?"

―헤르미온 공작가의 저택 북쪽의 숲입니다.

"뭐?"

카인은 크게 놀란 표정으로 중얼거렸다.

헤르미온 공작가는 흑마법사 토벌에 가장 앞장서고 있는 가문이었다.

그런데 공교롭게도 메이슨은 헤르미온 공작가가 있는 방향으로 향하고 있었다.

"등잔 밑이 어둡다는 것인가? 그보다 드론이 따라갔나?"

―네, 그렇습니다.

"아렌에게도 연락을 하도록 하고, 우리도 즉시 이동한다."

―네, 알겠습니다.

흑마법사들이 마나 통제 범위를 벗어나면 마법진을 이용해 도주할 우려가 있었다.

광범위한 위성 감치 체계를 사용할 수 없는 상황이기에 자칫 그대로 흑마법사들의 흔적을 놓칠 수 있다.

하지만 카인의 목적은 어디까지나 한태형을 찾는 일이었다.

특히, 한태형의 행적이 마지막으로 확인된 곳이 바로 아스 왕국이었다.

"과연 한태형이 나타날까요?"

"그자가 아스 왕국에 있다면 그러지 않을까? 저자들에게도 한태형은 제법 중요한 위치일 테니까."

소피도 조심스럽게 자신의 생각을 이야기했다.

카인 역시 한태형이 어떻게든 흑마법사들과 접촉할 것으로 예상했다.

때문에 미리 흑마법사들에게 미리 탈출할 수 있는 시간을 벌어주었다.

그들의 위치를 파악하고 있으면서도 곧장 덮치지 않고 그들의 움직임을 지켜보기만 했다.

하지만 아직까지는 한태형이 모습을 드러내지 않고 있었다.

"일단 끝까지 놈들의 주변에서 지켜봐야겠네요."

말을 타고 달리던 마법사들이 속도를 늦추었다.

"마나 통제는 어떠한가?"

말을 달려 숲속으로 들어온 메이슨이 로브를 벗으며 물었다.

그러자 곁에 있던 마법사가 품에서 마력 측정 장비를 꺼내들었다.

"마나 통제가 아직 유효하지만 범위를 거의 벗어난 것 같습니다."

왕성의 안전을 위해 마나 통제가 가동되는 범위는 수도

전역이었다.

헤르미온 공작가의 저택은 마나 통제 범위의 경계선상에 위치하고 있었다.

그래서인지 이미 마나 통제로 인한 영향력은 거의 사라진 상태였다.

조금만 더 이동을 한다면 마법으로 이곳을 떠날 수 있는 조건이 갖춰지게 된다.

그리고 이들은 이런 순간을 대비하여 각지에 탈출 루트를 만들어두고 있었다.

"이곳에서부터는 노출에 주의해야 한다. 마나 통제가 사라졌다면 일루젼 마법을 펼친 채 숲으로 간다."

"예!"

20여 명의 마법사들이 말에서 내렸다.

그들은 말을 버리고 천천히 더욱 깊은 숲으로 이동했다.

사람들의 눈을 피하기 위해 일루젼 마법으로 자신들의 모습을 감추었다.

일루젼 마법을 펼친 채 숲으로 들어가자 그들의 모습이 감쪽같이 사라졌다.

누군가 추적할 가능성을 대비하여 철저하기 자신의 흔적을 지우면서 이동했다.

그렇게 숲길을 따라 얼마간 이동하자 사냥꾼들이 임시로 사용하는 허름한 오두막이 모습을 드러냈다.

그곳은 흑마법사들이 비상 상황을 대비하여 만들어둔 탈출 루트 가운데 하나였다.

"일단 주변을 살펴라."

메이슨은 신중한 표정으로 부하들에게 명령을 내렸다.

마법사들이 오두막과 그 주변을 살폈지만 별다른 문제는 발견되지 않았다.

그제야 마법사들은 일루젼 마법을 해제하고 모습을 드러냈다.

숲의 그림자 속에서 마법사들의 모습이 하나둘 다시 보이기 시작했다.

숲 속 깊은 곳에 위치한 오두막이었기에 누군가 이곳을 찾는다는 것은 쉽지 않은 일이었다.

가장 선두에 선 메이슨이 조용히 물었다.

"그분께는 연락을 하였는가?"

"예! 마법 통신이 닿지 않아 직접 사람을 보냈습니다. 곧 이곳으로 오실 것입니다."

"알겠다. 그분이 오실 때까지 이곳에서 대기한다. 주변에 대한 감시도 게을리 하지 말아야 할 것이다."

"예, 알겠습니다."

메이슨들은 오두막으로 조용히 모습을 감추었다.

그리고 남은 몇 명의 마법사들은 급히 오두막 주변에 감지 마법진 몇 가지를 설치하기 시작했다.

사람이 거의 찾지 않는 오두막이지만 만약의 사태를 대비했다.

모든 마법진을 모두 설치한 이후에야 그들도 오두막 안으로 모습을 감추었다

오두막 안쪽에서는 불빛이나 소리 하나 새어나오지 않았다.

직접 와서 문을 열기 전까지는 이곳에 사람이 있는지 알지 못할 정도였다.

하지만 그들의 시선이 닿지 않는 곳에서 카인이 그들을 지켜보고 있었다.

카인은 그들과 300여 미터 떨어진 언덕에 몸을 숨기고 망원경으로 그들을 지켜보는 중이었다.

"그냥 쫓아왔으면 놓칠 뻔했군."

일루젼 마법까지 펼치며 흔적을 지운 마법사들을 거리를 유지한 채 추적하는 것은 쉽지 않은 일이었다.

추적에 능한 사란조차도 남겨진 흔적을 하나하나 확인하며 추적하려면 시간이 걸릴 정도였다.

하지만 일루젼 마법으로도 체온까지 감추지는 못했다.

카인은 열영상 장비로 그들과 거리를 유지한 채 추적할 수 있었다.

덕분에 마법사들은 카인이 자신들을 추적하고 있다는 사실을 전혀 알아차리지 못했다.

"아렌의 위치는 어디지?"

─정확한 좌표만 알려주면 30분 이내에 도달할 수 있을 것으로 예상됩니다.

카인은 아직 아렌에게 흑마법사들의 정확한 위치는 알리지 않았다.

하지만 흑마법사들이 북쪽 숲으로 향한 사실을 알렸기에 아렌은 기사들을 이끌고 북쪽 숲 근처로 이동 중이었다.

그리고 언덕 뒤편에는 사란과 소피가 대기 중이었다.

너무 가까이 접근했다가는 흑마법사들에게 발각될 우려가 있기에 어느 정도 거리를 유지한 상태로 오두막을 관찰했다.

카인의 열영상 장치에는 오두막 안쪽에 있는 마법사들의 움직임이 모두 확인되었다.

"아직 한태형은 나타나지 않은 건가?"

─네 함장님! 오두막으로 스파이 로봇을 침투시키겠습니다.

"그렇게 해줘."

* * *

두두두두.

한 무리의 기마들이 저택을 빠져나갔다.

멀리 떨어진 별관에서 그 모습을 지켜보는 사람이 있었다.

"저들은 뭔가?"

외출복 차림의 한태형이었다.

아침 일찍 긴급한 메시지를 전달받고 외출을 하려던 한태형은 그 자리에 멈춰 서서 별관의 하인에게 물었다.

별관의 하인도 멀리 보이는 기마병들의 모습을 확인하고는 대답을 했다.

"갑옷으로 봐서는 본가의 기사단인 것 같습니다."

"기사단에 무슨 일이라도 있는 것인가?"

한태형의 물음에 하인이 고개를 가로저었다.

"그것은 제가 감히 알 수 없는 부분입니다."

일개 하인이 기사들의 임무를 알 수는 없는 일이다.

한태형은 고개를 살짝 끄덕이고는 다시 물었다.

"평소에도 저렇게 아침부터 출동을 하는 경우가 많은가?"

"그건 아닐 겁니다. 갑자기 무슨 일이 생기지 않은 이상은……."

하인 역시 고개를 갸웃거렸다.

뭔가 큰 일이 벌어지지 않은 이상 기사들이 이렇게 일찍부터 긴급히 출동하는 경우는 거의 없었다.

하인의 이야기에 한태형이 고개를 끄덕이며 그들이 떠난

방향을 바라보았다.

공작의 저택을 감싸고 있는 성벽에는 4개의 성문이 있다.

그리고 지금 기사단이 달려 나간 방향은 북쪽으로 향하는 성문이었다.

공교롭게도 그곳은 한태형의 목적지가 있는 방향이기도 했다.

"오늘은 이만 돌아가야겠다."

"예? 하지만……."

한태형과 함께 하던 사내가 다소 난처한 표정을 지어보였다.

그에게 주어진 임무는 북쪽 숲으로 한태형을 모시고 오는 일이었다.

그런데 한태형은 이미 다시 저택으로 돌아가려 했다.

"반드시 가셔야 합니다. 그분께서……."

"훗, 아무래도 그들이 노출된 모양이야."

"그게 무슨?"

사내는 불안한 표정으로 물었다.

그러자 한태형이 피식 웃으며 멀어지는 기사단을 가리켰다.

"저들을 보면서 아무 생각도 안 드는 것인가?"

"설마……."

한태형이 피식 웃으며 저택 안으로 들어갔다.

그제야 사내의 표정이 새하얗게 질렸다.

기사단의 출동이 우연인지는 알 수 없다.

하지만 조금만 생각해보면 뭔가 이상하기는 했다.

오늘 같은 날 갑자기 마나가 통제된 것도 그렇고, 갑자기 기사단이 저렇게 출동을 하는 것도 확실히 이상했다.

"당분간 녀석들과의 연락을 조심해야겠군."

"예? 아, 알겠습니다."

한태형은 즉시 자신을 보좌하는 헤르슨 자작을 불러들였다.

헤르슨 자작은 아직 메이슨이 마탑을 떠난 사실을 알지 못하는 모양이었다.

흑마법사들의 조직 자체가 철저하게 점조직으로 운영되고 있기에 각 조직 간의 상황을 잘 모르는 경우가 많았다.

"아침에 기사들이 급히 북문을 통해 출동했다. 가서 그 이유를 좀 알아봐."

"예! 알겠습니다."

헤르슨 자작 역시 메이슨이 마탑을 떠난 사실을 조금 전 보고를 받았다.

때문에 그의 표정에도 긴장감이 흘렀다.

"마탑과 관련된 모든 흔적을 지워라."

"예, 알겠습니다."

헤르슨 자작이 급히 밖으로 나갔다.

한태형의 표정이 굳어 있었다.

"멍청한 놈들……."

$$* \quad * \quad *$$

"아직인가?"

메이슨이 다소 불안한 표정으로 입을 열었다.

바깥 상황을 살피고 돌아온 마법사가 고개를 끄덕였다.

"아직 별다른 기척이 없었습니다."

"조금 늦어지는군."

메이슨은 한태형을 기다리고 있었다.

이미 마탑을 거점으로 사용할 수 없지만 흑마법사들이 사용할 수 있는 거점은 많았다.

특히, 한태형이 자리를 잡은 헤르미온 공작가가 대표적이었다.

맹약의 징표를 지닌 한태형이 나타난 이후 흑마법사들은 본격적으로 화이트 왕국의 부활을 준비하는 중이었다.

아직 화이트 왕국과 한태형이 완전히 손을 잡은 것은 아니었다.

하지만 한태형의 등장만으로도 흑마법사들은 부활을 기대했다.

그래서 마탑을 버린 이후 한태형과 합류하여 그를 도울 예정이었다.

최대한 은밀하게 한태형에게 연락을 취했고, 지금쯤이면 한태형이 자신들을 데리러 왔어야 했다.

하지만 어찌된 영문인지 한태형이 아직까지 나타나지 않고 있었다.

그렇다고 자신들이 먼저 한태형에게 접근할 수는 없는 상황이다.

"혹시 무슨 일이 생긴 건 아닐지요?"

초조한 표정을 하고 있던 마법사 가운데 한 명이 조심스럽게 입을 열었다.

하지만 메이슨은 굳은 표정으로 고개를 끄덕였다.

"마법진을 준비하라. 이동한다."

"예! 알겠습니다."

한태형이 나타나지 않는다면 뭔가 문제가 생긴 것으로 간주했다.

미련을 두지 말고 떠나야 했다.

마법사들은 순식간에 바닥에 깔린 카펫을 치우고 마룻바닥을 걷어냈다.

마룻바닥 아래쪽에서 정교하게 새겨진 마법진이 모습을 드러냈다.

미리 탈출할 좌표가 그려져 있었기에 마나석으로 마력을

공급하고 마법진을 가동시키면 이곳을 떠나는 것이 가능
했다.

"3개조로 나눠서 순차적으로 탈출한다. 서둘러라."

마법진으로 모든 인원이 한꺼번에 탈출하는 것은 불가능
했다.

그래서 메이슨은 젊은 마법사들부터 탈출을 시키려 했
다.

그런데 그때 오두막 천장에서 아주 작은 불빛이 반짝였
다.

―마법사들이 탈출하려 합니다.

심청이 오두막 내부의 영상을 카인에게 전송하면서 말을
했다.

"바닥에 마법진이 있었을 줄이야."

카인은 자신에게 전송되는 영상을 확인하고는 총기를 꺼
내들었다.

소총의 끝에 소음기를 장착하면서 심청을 호출했다.

"아렌에게 위치를 전송해!"

―네 함장님!

그 모습에 소피가 급히 곁으로 다가왔다.

"갑자기 무슨 일이야?"

"놈들이 떠날 준비를 하고 있습니다. 바닥에 마법진이

있었어요."

"그럼……."

"아무래도 한태형은 나타나지 않을 것 같습니다."

한태형이 나타날지도 모른다는 기대로 기다렸지만 결국 한태형은 나타나지 않았다.

이제 남은 것은 흑마법사들이었다.

흑마법사들에게도 사연은 있겠지만 그들은 자신들을 죽이려 했고, 잔인한 생체 실험도 서슴지 않는 집단이었다.

무엇보다 한태형의 흔적을 추궁하기 위해서라도 그들의 탈출을 막을 필요가 있었다.

"휴우, 쉽지 않겠네."

내부가 직접 보이지 않았기에 정찰로봇을 통해 대략적인 위치를 파악하는 게 고작이었다.

카인은 숨을 한번 크게 내쉬고는 천천히 오두막을 바라보았다.

어느새 카인의 전신으로 숲의 마나가 흘러들어오기 시작했다.

신경이 차분하게 가라앉았다.

카인은 더 이상 적외선 스코프에 의지하지 않고도 마법사들의 존재감을 느낄 수 있었다.

그리고 그때 카인의 감각에 걸리는 또 한 가지가 있었다.

'저건…….'

마법사들의 존재감 속에서도 유독 선명하게 마나가 느껴지는 무언가가 있었다.

　"혹시 마법진을 가동할 때도 배터리 같은 게 필요합니까?"

　카인은 총구에 시선을 둔 채로 소피에게 물었다.

　그러자 소피가 곁으로 다가와 조용히 말을 했다.

　"마나를 공급하기 위해서 마나석이라는 걸 쓰기는 했어."

　내부 영상과 소피의 이야기를 통해 마나를 품고 있는 그것의 정체를 짐작할 수 있었다.

　'저게 마나석이란 건가?'

　카인은 그것을 더욱 잘 느끼기 위해 조용히 눈을 감고 사방에서 느껴지는 마나에 감각을 집중했다.

　불필요한 감각을 배제하고 마나에만 집중하자 뭉쳐진 마나가 더욱 선명하게 느껴졌다.

　시각으로 조준하지 않고 마나에 대한 느낌만으로 표적을 조준했다.

　카인은 눈을 감은 채 자연스럽게 총구를 그쪽으로 가져갔다.

　'거리는 300…….'

　수천 번 넘게 훈련을 했던 사격이었다.

　거리에 따른 탄도의 변화를 감안하여 총구를 겨누었다.

그리고 자연스럽게 손가락이 방아쇠를 감아쥐었다.

푸숙!

짧은 총성이 터져 나왔고, 그 직후 오두막 벽에도 작은 구멍이 뚫렸다.

퍽!

짙게 뭉쳐 있던 마나가 사방으로 흩어지는 것이 느껴졌다.

그와 함께 마법사들의 움직임이 바빠졌다.

그제야 카인은 감았던 눈을 떴다.

'성공인가?'

눈으로 보지 않아도 흩어진 마나를 느낄 수 있었다.

그리고 심청이 사격 결과를 알려주었다.

—함장님! 명중입니다.

카인은 재빨리 소총을 내렸다.

그리고 그때 오두막 건너편에서 일단의 무리들이 달려오는 것이 느껴졌다.

아마도 아렌이 보낸 기사들일 것이다.

이제 뒤처리는 그들에게 맡기기로 했다.

"제법 빨리 왔네."

퍽!

갑자기 마나석이 터져나갔다.

마법진을 준비하던 마법사들은 크게 놀란 표정으로 사방을 경계했다.

"대체 뭐야?"

"마나석이……."

마법진을 구동하기 위해서는 마나석이 필수였다.

그런데 마나석이 갑자기 터져나가자 마법사들이 당황했다.

그때 땅바닥으로 미세한 진동이 느껴지기 시작했다.

마법사들은 그것이 무엇을 뜻하는지 어렵지 않게 짐작할 수 있었다.

"발각된 모양입니다."

메이슨의 안색이 급격하게 굳어졌다.

그는 파괴된 마나석을 바라보았다.

마법진은 그대로였지만 마나석이 없으면 무용지물이었다.

메이슨은 심각한 표정으로 마법진을 바라보다가 입을 열었다.

"젊은 녀석들부터 마법진으로 올라서라."

"하지만……."

마나석이 파괴된 것을 알고 있는 젊은 마법사들의 시선이 메이슨에게로 향했다.

그러자 메이슨은 마나석이 놓여야 할 자리에 자신이 자

리를 잡았다.

"내가 마나를 공급하겠다."

마나석이 없이도 마법사가 직접 마나를 공급하는 것은 가능했다.

다만, 마법진이 완전히 발동할 때까지 마나를 계속 공급해야 하기에 마나를 공급하는 마법사는 마법진을 이용할 수 없었다.

"안 됩니다. 차라리 저희가…….""

"너희 실력으로는 안정적인 마나공급이 불가능하다. 어서 올라서라. 시간이 없다!"

메이슨이 소리를 지르자 나이가 많은 다른 마법사들도 나섰다.

한 번에 마법진을 이용할 수 있는 숫자는 최대가 8명 정도였다.

말발굽 소리가 가까워지는 것을 생각하면 마법진의 가동은 한 번이 고작일 듯 보였다.

그들은 젊은 마법사들을 떠밀었다.

"시간이 없다. 우리의 희생을 헛되이 할 생각인가?"

그제야 젊은 마법사들이 마법진에 올라섰다.

그때 오두막 바깥에서 기사들의 함성이 울렸다.

"화이트 왕국의 영광을 위하여!"

메이슨은 자신의 마나를 쏟아부어 마법진을 가동시켰다.

우우웅!

새하얀 빛이 일렁이더니 그대로 젊은 마법사들의 몸을 감싸기 시작했다.

그리고 그들의 모습은 순식간에 사라져버렸다.

"후우, 서둘러 마법진을 지우게."

어차피 다시 마법진을 가동하려면 시간이 필요했다.

기사들이 들이닥치기 전에 마법진을 한 번 더 가동하는 것은 불가능해보였다.

때문에 메이슨은 마법진을 사용한 흔적을 지워 마법진의 좌표가 역으로 추적되는 것을 막고자 했다.

"디그!"

"디그!"

땅을 살짝 파내는 1서클의 마법이었다.

땅에 새겨진 마법진을 지우기에는 충분했다.

"어쩌면 이곳에서 뼈를 묻어야 할지도 모르겠군."

"후후후, 항상 그런 각오는 하고 있었지요."

"살아서 만날 수 있으면 좋겠군. 후후후."

메이슨과 다른 마법사들은 초연한 모습으로 오두막을 나섰다.

그들의 앞으로 다수의 기사들이 달려왔다.

그들 가운데 일부는 이미 석궁을 장전한 채로 오두막을 겨누고 있었다.

"조준!"

기사들은 오두막을 공격할 준비를 마쳤다.

그때 오두막 앞쪽에서 무언가 모습을 드러냈다.

쿠궁.

모습을 드러낸 거대한 존재가 기사들을 향해 움직이기 시작했다.

"발사!"

순식간에 수십 발의 화살이 허공을 가르며 날아갔다.

퍽퍽!

어찌된 일인지 석궁으로 쏘아 보낸 화살이 상대의 몸을 맞고 튕겨나갔다.

기사들은 뒤늦게 그들의 정체를 알아차렸다.

"골렘이다!"

"흑마법사들이 확실한 것 같군."

흑마법사들에게 골렘은 귀중한 전력이다.

하지만 그 숫자가 많지는 않다는 점이 문제였다.

그나마 고위마법사인 메이슨이 아공간에 두 기의 골렘을 가지고 있었던 것이 도움이 되었다.

두 기의 골렘으로 잠시동안 기사들의 발목을 잡을 수 있었다.

흑마법사들이 골렘을 내세운 것은 기사들의 공세를 잠시 늦추어 주문을 완성할 시간을 벌려는 속셈이었다.

하지만 헤르미온 공작가의 기사들을 이끄는 필립스 백작은 이미 몇 차례 흑마법사들과 전투를 치러 본 사람이었다.

그는 상대가 흑마법사라는 사실을 미리 알고 대비를 해 온 상황이었다.

"정면승부는 피하고, 투창으로 핵을 노린다."

"예!"

필립스 백작의 명령에 기사들은 골렘과 거리를 벌렸다.

강력한 파괴력을 지닌 골렘이지만 그 속도가 빠르지 않다는 점이 약점이었다.

기사들 가운데 몇몇이 오러를 씌운 창을 들었다.

그들은 망설임 없이 골렘을 향해 창을 던졌다.

콰과광!

강력한 마나가 실린 창이 골렘의 몸통을 파괴했다.

하지만 골렘의 몸통은 순식간에 회복되어 다시 기사들을 향해 달려왔다.

그때 또 다른 창이 골렘의 등 뒤쪽을 노리고 날아들었다.

콰광!

기사들이 던진 짧은 창은 집요하게 골렘의 핵이 위치한 가슴 부근을 강타했다.

몇 차례 공격이 이어지자 핵을 보호하고 있던 외판이 깨지고 핵이 모습을 드러냈다.

"엄호하라."

"예!"

필립스 백작이 직접 검을 들고 골렘들 사이로 뛰어들었다.

골렘은 자신에게 근접하는 필립스 백작을 향해 바위주먹을 휘둘렀다.

쿠웅.

묵직한 충격음이 지축을 뒤흔들었지만 필립스 백작의 빠른 움직임을 따라잡기는 힘들었다.

두 발의 단창이 날아들어 골렘의 가슴팍에서 터져나갔다.

쾅.

골렘의 핵을 가리고 있던 덮개가 완전히 터져나가며 핵이 모습을 드러냈다.

그 순간 필립스 백작은 다리에 힘을 주며 핵을 향해 오러가 실린 검을 찔러 넣었다.

콰직!

마나석을 가공하여 만들어낸 핵이 맥없이 반으로 갈라졌다.

마나의 공급이 끊어지면서 골렘은 움직임을 멈추었다.

후두두둑.

한 기의 골렘이 무력화되었지만 다른 골렘이 아직 기사들의 앞을 막아서고 있었다.

그리고 그때 흑마법사들 역시 마법을 완성시켰다.

"죽음의 대지에 온 것을 환영한다. 킬링필드."

흑마법사들이 기사들을 향해 음습한 마나를 뿌렸다.

그것은 상대의 생명력을 갉아먹는 저주에 가까운 마법이었다.

뿐만 아니라 흑마법사들이 보유하고 있던 언데드들이 아공간에서 하나둘 소환되기 시작했다.

골렘과 같은 강력한 힘은 없었지만 지독한 독성 때문에 기사들에게 위협이 되는 존재들이었다.

흑마법사들은 자신들이 가진 모든 수단을 동원하여 기사들을 막으려 했다.

순식간에 검붉은 불덩이들이 기사들을 향해 날아들었다.

하지만 필립스 백작 역시 만반의 준비를 갖춘 상태였다.

"방패!"

콰앙!

명령이 떨어지는 순간 겉면에 마법진이 새겨진 방패가 기사들의 앞쪽으로 방벽처럼 세워졌다.

방패에 새겨진 마법진이 마법 공격을 막아냈다.

"마법사들을 노려라!"

일반 화살보다 강력한 위력을 지닌 석궁이 흑마법사들을 향했다.

"준비되는 대로 발사!"

슈슈슉.

엄청난 파괴력을 자랑하는 화살들이 다음 마법을 준비하던 흑마법사들을 향해 날아들었다.

퍽퍽!

"크아악."

육체를 드러내고 있던 흑마법사들이 그대로 피를 뿌리며 쓰러졌다.

그제야 마법사들이 급히 바위나 나무 뒤로 몸을 숨기면서 마법을 날렸지만 위력이 현저히 감소됐다.

근접한 거리에서의 전투라면 흑마법사들이 기사들을 이길 가능성이 적었다.

그러자 몇몇 흑마법사들이 메이슨을 바라보았다.

"이곳은 저희가 맡겠습니다. 먼저 가십시오."

"아니다. 이곳에서 너희와 함께 할 것이다."

비록 승산은 없는 싸움이지만 이곳에서 죽음을 각오한 메이슨이었다.

하지만 다른 흑마법사들은 고개를 가로저었다.

"지옥에서 왕국의 부활을 지켜볼 것입니다. 저희의 죽음을 기억해주십시오."

흑마법사들은 어느새 작은 약병을 입가에 가져가고 있었다.

"네놈들······."

"어서 가십시오."

메이슨은 7서클의 마법까지 사용이 가능한 고위 마법사였다.

흑마법사들에게도 무척이나 소중한 전력이기에 그를 반드시 살리려는 것이다.

약병의 약물을 삼킨 마법사들의 눈동자가 붉어지기 시작했다.

그와 함께 그들의 전신에서 강력한 마나가 피어올랐다.

메이슨은 그들이 죽음을 각오한 사실을 실감할 수 있었다.

"너희들을 잊지 않을 것이다."

메이슨의 그 말에 약물을 복용한 마법사들이 미소를 지으며 밖으로 뛰쳐나갔다.

푹!

마법사들이 뛰어들자 화살이 날아들어 마법사의 복부에 박혔다.

하지만 마법사는 붉어진 눈빛으로 씨익 웃으며 화살을 뽑아냈다.

마치 고통을 느끼지 못하는 사람처럼 보였다.

그는 체내의 모든 마나를 끌어올리며 기사들을 향해 마법을 난사했다.

"함께 지옥으로 갈 것이다. 파이어!"

―메이슨이 탈출합니다.

갑자기 뛰쳐나온 흑마법사들이 엄청난 마법을 쏟아내기 시작했다.

흑마법사들을 제압하려던 기사들도 그들의 공격에 제법 피해를 입게 되었다.

기사들이 승기를 잡는 상황이었지만 순식간에 상황은 혼전을 치달았다.

그런데 그때 심청의 드론에 일부 마법사들이 뒤로 물러나는 것이 포착된 것이었다.

"나도 확인했다. 계속 추적해."

―네 함장님.

하지만 카인의 시선이 엄청난 마법을 난사하고 있는 흑마법사들에게로 향했다.

스코로 마법사들을 지켜보던 카인은 그들이 뭔가를 입안으로 털어 넣는 모습을 확인했다.

그리고 그 직후 그들의 공격이 거세졌다.

마법사들 중 일부는 화살이 몸에 박힌 상황에서도 마법을 쏟아내고 있었다.

"스팀팩이라는 것인가?"

알카에자 후작가와 나디아의 브리실버 가문의 반란 사건

222

에서 사용이 확인된 약물이었다.

분석 결과 메스 암페타민이라는 합성 화학물질이 주를 이루는 약물이었다.

하지만 메스 암페타민은 이 세상에서 합성할 수 없는 화학물질이었다.

그것은 한태형이 이들에게 깊이 관여하고 있음을 보여주는 증거라 할 수 있었다.

'역시 놈들의 배후에 한태형이 있는 것인가.'

흑마법사들의 배후에 한태형이 있는 것은 거의 확실한 듯 보였다.

소총의 조준경을 숲을 사라지는 메이슨에게 맞추었다가 다시 총구를 내렸다.

그리고 심청에게 물었다.

"추적기의 수신 범위가 얼마나 되는 거지?"

—위성을 사용할 수 없기에 반경 3킬로미터가 한계입니다.

만약 메이슨이 마법을 사용해 반경 3킬로미터 바깥으로 도망친다면 그를 놓칠 우려가 있다.

하지만 후아킨에게 미리 확인한 바에 따르면 고위 마법사라 하더라도 반경 1킬로미터 정도를 이동하는 것이 고작이었다.

현재 메이슨에게 부착된 추적장치가 제대로 작동한다면

메이슨을 놓칠 우려는 없었다.

카인은 당초 메이슨을 제압하려 했지만 계획을 변경했
다.

"사란! 지금 당장 숲 바깥으로 가서 용병들을 뒤로 물리
라고 해줘."

이미 숲 바깥쪽으로 케이론을 비롯한 용병들이 대기하고
있었다.

헤르미온 공작가의 기사들이 흑마법사들을 상대하기로
했기에 그들은 후방에서 대기 중이었다.

그런데 케인은 그들에게 뒤로 물러나도록 지시를 내렸
다.

"그랬다가는 메이슨이 그 방향으로 탈출할 텐데?"

자신의 생각을 거의 이야기하지 않던 사란이 이제는 제
법 자신의 의견을 내놓기도 했다.

하지만 카인은 씨익 웃으면서 말했다.

"탈출하게 만드는 거야."

"알겠다."

사란은 카인의 계획을 완벽하게 이해하지는 못했다.

하지만 더 이상 의문을 달지는 않았다.

그저 자신의 임무를 수행할 뿐이었다.

그녀는 저 멀리 묶어둔 말을 향해 달렸다.

"바로 잡지 않을 거야?"

이야기를 듣고 있던 소피가 다가와 물었다.

그러자 카인은 신중한 표정으로 미쳐 날뛰고 있는 흑마법사들을 가리키며 말했다.

"흑마법사들이 스팀팩이라는 걸 사용했습니다."

"뭐? 그 마약 말이야?"

소피도 메스 암페타민 성분이 들어 있던 그 약물을 알고 있었다.

그녀가 시선을 돌리자 화살이 박히고, 검에 찔린 상태로 기사들과 싸우고 있는 흑마법사들이 보였다.

한눈에 보기에도 너무도 참혹한 광경이 펼쳐져 있었다.

마법사들은 이미 육체가 멀쩡한 사람이 없었다.

"너무 잔인하잖아……."

"한태형이 나타나지 않았지만 저들의 주변에 한태형이 있는 게 분명한 것 같습니다."

소피는 참혹한 모습으로 싸우고 있는 흑마법사들의 모습에 눈시울이 붉어졌다.

"대체 무엇이 저들을 저렇게까지 몰아가는 걸까?"

팔이 잘린 채로 마법을 펼치다가 목이 베어지는 흑마법사의 모습에 소피는 결국 고개를 돌렸다.

그리고 그때 카인의 커다란 손이 그녀의 머리를 쓰다듬었다.

"저들에게도 목숨을 걸 수밖에 없는 사연이 있겠죠. 하지만 한태형의 기술은 이 세상에 있어서는 안 될 것 같네요."

카인의 이야기에 소피가 눈물을 떨구면서 고개를 끄덕였다.

그녀의 눈에 마치 좀비와 같은 모습으로 목이 베이는 흑마법사들의 모습이 보였다.

"응. 아무래도 꼭 그자를 잡아야 할 것 같아."

소피는 한태형을 잡는 일에 다시금 의지를 드러냈다.

"헉헉헉!"

메이슨은 숨을 헐떡이며 숲을 달려갔다.

은밀히 이동하기 위해 말을 숲 바깥에 버리고 온 것이 후회되었다.

텔레포트 마법을 알고 있었다.

하지만 한차례 마법진에 마나를 쏟아부었고, 골렘을 운용하기 위해 많은 마나를 사용한 이후였다.

그래서인지 메이슨의 체력도 함께 바닥난 모습이었다.

척!

그때 메이슨과 함께 달리던 두 명의 마법사가 메이슨의 어깨를 잡았다.

"무슨 일이냐?"

"이대로 걸어서 탈출이 불가능합니다."

"네놈들… 무슨 생각을 하는 것인가?"

메이슨이 눈살을 찌푸리며 말을 했다.

그러자 두 명의 마법사들이 미소를 지으며 메이슨의 등에 손을 가져갔다.

그들의 손에서 새하얀 마나가 피어오르기 시작했다.

"너희들……."

"텔레포트로 먼저 탈출하십시오."

그들은 자신들의 마나를 메이슨에게 불어넣어주기 시작했다.

"뭣 하는 짓인가? 어서 거두어들여라!"

상대에게 마나를 보충해주는 일은 효율이 무척 떨어진다.

두 명의 마법사는 마나홀에 있는 마나를 거의 모두 끌어올려 메이슨에게 마나를 전했다.

"어서 가십시오. 부디 저희를 기억해주시기 바랍니다."

마법사들은 메이슨은 반드시 살리고자 했다.

자신들의 마나를 모두 쏟아부은 그들은 품안에서 스팀팩이라 불리는 약물을 꺼내 입안에 털어 넣었다.

그들은 망설임 없이 동료들이 싸우고 있는 곳으로 되돌아갔다.

남겨진 메이슨의 눈에서도 눈물이 쏟아졌다.

그들의 희생 덕분에 메이슨의 마나홀에는 마나가 차올라

있었다.

동료들의 희생을 헛되이 하지 않기 위해서라도 탈출에 성공해야 했다.

사소한 감정에 휩싸여 주저하다가는 모든 것을 망칠 수 있었다.

메이슨은 동료들이 밀어 넣어 준 마나를 끌어올리며 마법을 준비했다.

"미안하다. 텔레포트."

마나홀의 마나가 메이슨의 의지에 따라 움직였다.

그리고 메이슨의 모습이 새하얀 빛에 휩싸이더니 그 자리에서 사라져버렸다.

그때 그 모습을 지켜보던 시선이 있었다.

숲의 그림자 속에서 모습을 드러낸 사람은 카인이었다.

카인은 메이슨과 거리를 두면서 그를 추적하는 중이었다.

하지만 메이슨이 마법으로 탈출한 이상 빨리 그의 위치를 찾아야 했다.

"치잇, 놈이 마법으로 탈출을 했다. 빨리 위치 추적해 줘."

─네, 함장님!

심청이 허공에 띄워놓은 드론이 위치추적기의 전파를 찾기 시작했다.

그리고 다시 메이슨의 신호를 찾는 것은 그리 오래 걸리지 않았다.

—함장님! 메이슨의 전파가 북서쪽 마을 방향에서 수신되고 있습니다. 드론으로 추적을 시작하겠습니다.

메이슨은 마나 통제가 이뤄지고 있는 수도 방향과 반대방향으로 위치를 잡고 움직이는 듯했다.

"정확한 위치를 알려줘!"

—네 알겠습니다. 항공 사진을 전송하겠습니다.

심청은 빠르게 정보를 전했고, 카인은 메이슨의 위치를 확인했다.

"소피누님에게도 좌표 전송하고, 일단 숲에서 철수하라고 전해줘."

—네, 알겠습니다.

카인은 서둘러 메이슨을 쫓기 시작했다.

저벅저벅.

수도에서 벗어난 곳에 위치한 마을이었다.

그곳에 메이슨이 모습을 드러냈다.

북쪽 숲이나 아스 왕국의 수도에서 제법 멀어졌지만 아직은 안심할 수 있는 상황이 아니었다.

하지만 메이슨은 사람이 없는 한적한 곳이 아닌 유동인구가 많은 마을을 선택했다.

메이슨은 로브로 얼굴을 가린 채 규모가 작지 않은 마을 안쪽으로 모습을 감추었다.

그리고 잠시 후 말을 달려온 카인이 아레스와 함께 마을 어귀에 모습을 드러냈다.

"놈은 어디로 갔지?"

─마을의 시장으로 향했습니다.

수도로 들어가는 길목에 있는 마을이기에 마을 전체 크기에 비해서는 유동 인구가 많아 보였다.

"사람이 많은 곳으로 숨은 것 같습니다. 형님."

"오히려 그게 추적을 따돌리기 더 쉬울 거야."

흑마법사들은 사람들의 눈을 피해서 숨는 데 능숙한 사람들이었다.

한적한 곳으로 숨는 것보다는 오히려 사람들이 많은 곳이 몸을 숨기기에 더욱 적합했다.

하지만 메이슨은 자신의 옷에 붙은 위치추적기의 존재를 알지 못했다.

"놈이 옷을 버리면 큰일이니까 어서 가자."

"예! 형님."

카인은 아레스와 함께 위치 추적기가 표시하는 곳으로 이동했다.

그런 사실을 알지 못하는 메이슨은 여행자들을 상대하는 작은 여관으로 들어섰다.

"하루만 묵어갈 방이 있는가?"

"예! 방은 충분합니다. 식사도 가능하고요."

"조용한 방으로 부탁하지."

메이슨은 자연스럽게 여관에서 방을 잡았다.

그제야 메이슨은 긴장이 풀린 표정으로 한숨을 내쉬었다.

그리고 그는 창가에 흑마법사들만 알아볼 수 있는 작은 표식을 남겼다.

아스 왕국을 완전히 벗어나기 위해서는 도움이 필요했기에 만들어둔 표식이었다.

그 이후 메이슨은 곧장 명상을 시작했다.

고갈된 마나를 보충하고, 지쳐버린 육체를 회복하기 위함이었다.

곧 이곳을 벗어날 수 있을 것이라 믿었다.

하지만 그보다 먼저 여관에 나타난 것은 심청이 조종하는 소형 드론이었다.

소형 드론의 카메라가 메이슨의 모습을 카인에게 전송했다.

—그가 명상을 시작했습니다.

카인은 메이슨이 창가에 뭔가 표식을 남겼고, 마나 회복을 위해 명상을 시작했다는 사실을 알게 되었다.

"아무래도 다른 녀석들이 몰려오기 전에 서둘러야 할 것 같아."

착!

창가에서 미약한 소음이 만들어졌다.

명상에 빠져 있던 메이슨이 급히 눈을 뜨면서 소리가 난 방향으로 고개를 돌렸다.

메이슨의 눈앞에는 누군가의 그림자가 일렁였다.

"누구냐!"

순식간에 마나를 끌어올리려 했지만 그보다 메이슨의 눈앞에 단단한 주먹이 보이는 게 먼저였다.

쾅!

"크억."

엄청난 충격에 메이슨이 튕겨져 나갔다.

묵직한 한 방에 메이슨은 그대로 의식을 잃었다.

"생각보다 기감이 예민하네."

"그래도 마취제 한방 놓을까요?"

"그래, 그게 좋을 것 같다."

만약에 의식을 차리게 되면 메이슨을 데려가는데 문제가 있을 수 있다.

때문에 확실하게 메이슨이 정신을 차리지 못하게 만들 필요가 있었다.

아레스는 미리 준비해왔던 마취제를 메이슨에게 투여

했다.

카인은 주변에 남겨진 것들을 챙겼고, 아레스는 메이슨을 어깨에 올렸다.

카인과 아레스는 별다른 흔적을 남기지 않고, 다시 창밖으로 몸을 던졌다.

잠시 후 여관에 남겨진 메이슨의 표식을 유심히 지켜보는 사람이 있었다.

메이슨의 표식을 확인한 그는 살짝 긴장한 표정으로 주변을 살폈다.

그는 표식이 남겨진 방 창문을 유심히 살피더니 골목 안쪽으로 사라졌다.

잠시 후 사내는 다시 여관에 모습을 드러냈다.

그리고 그는 곧 메이슨이 묵었던 방 앞에 섰다.

똑똑똑! 똑! 똑!

일정한 간격을 두고 문을 두드렸다.

하지만 방 안에서 반응이 있을 리가 없었다.

긴급을 요하는 표식이기에 사내는 다시 문을 두드렸다.

하지만 여전히 반응이 없었다.

결국 사내는 주변의 눈치를 살피다가 강제로 방문을 열었다.

하지만 그곳에는 사람의 모습이 보이지 않았다.

그는 급히 창가로 가서 표식을 확인했다.

누군가 우연히 만들어낼 수 있는 표식이 아니었다.

분명 누군가 남긴 표식이었다.

사내는 의아한 표정으로 고개를 갸웃거리다가 다시 조용히 방에서 물러났다.

"이걸로 가능할까?"

소피의 목소리가 들려왔다.

그리고 카인이 미소를 지으며 고개를 끄덕였다.

"아마도 이 세상에서는 통할 겁니다."

"그런데 이 사람이 한태형을 모르면 어떡해?"

"그럼 그냥 후아킨님에게 넘겨야죠."

카인과 소피는 의자에 결박당한 메이슨을 바라보며 이야기를 나누는 중이었다.

그때 메이슨의 육체에서 반응이 일었다.

―메이슨이 깨어납니다. 함장님!

"좋아! 시작하자."

카인과 소피는 대화를 중단하고 메이슨을 지켜보았다.

그런데 두 사람의 곁에는 오사마가 불만 어린 표정으로 앉아 있었다.

"꼭 이렇게 해야겠냐?"

"VR기기가 형님 것밖에 없으니 이해 좀 해주십시오."

"쳇, 내 걸 다른 남자가 쓰는 건 불결한데…."

메이슨의 눈에는 두툼한 고글이 끼워져 있었고, 그의 귀에도 커다란 헤드셋이 끼워져 있었다.

그것은 오사마의 VR기기였다.

가끔씩 그것으로 외로움을 달래기도 하는 귀한 물건이었다.

그런 귀한 물건이 다른 남자의 얼굴에 씌워진 것이 못마땅한 오사마였다.

그때 의식을 잃었던 메이슨이 조금씩 움직이기 시작했다.

"녹화 시작해."

―네! 함장님.

"으으으."

희미하던 의식이 돌아오는 듯했다.

"헉."

주먹에 맞고 나가떨어진 순간부터 기억이 전혀 없었다.

아직 얼굴이 조금 얼얼한 느낌이지만 그것뿐이었다.

메이슨이 다급히 눈을 떴다.

그러자 메이슨의 눈앞에 빛이 일렁였다.

"으윽."

환한 빛 때문에 잠시 눈살을 찌푸리던 메이슨의 귀에 누군가의 목소리가 들려왔다.

"훗, 꼴이 말이 아니군."

"당신은……."

메이슨의 눈앞에 한태형의 모습이 떠올랐다.

"당신이 어떻게 이곳에……."

메이슨은 지금의 상황을 이해할 수 없었다.

흑마법사들의 충성 맹세가 담긴 징표를 가진 주인이었다.

그는 자신들이 감히 상상하지도 못할 지혜를 가지고 있던 대현자였다.

그제야 메이슨은 자신이 여관 창가에 표식을 남긴 것을 떠올렸다.

다소 어리둥절했지만 한태형이 자신을 구하러 온 것이라 생각했다.

"구해주셔서 감사합니다."

"그래 많이 고마워해라."

하지만 사실 메이슨과 대화를 하고 있는 한태형은 심청이 가상으로 만들어낸 3D 그래픽이었다.

한태형의 영상이나 사진, 목소리 등은 샘플 영상이 많았기에 가상으로 만들어내는 것은 어렵지 않았다.

자세히 본다면 현실과는 약간씩 다른 다름을 느낄 수 있다.

하지만 메이슨은 거기까지는 미처 생각하지 못하고 있

었다.

심청이 만들어낸 그래픽이 현실로 느껴졌다.

"그, 그런데 이곳은 어디입니까?"

그제야 메이슨은 자신이 서 있는 공간이 평범한 곳이 아니라 생각했다.

뿐만 아니라 자신의 육체도 움직이지 않는 것을 느꼈다.

메이슨은 마나를 느낄 수도 없었고, 육체의 감각도 느낄 수 없었다.

마취제에서 깨어나기 전에 미리 그의 마나를 차단하고, 육체의 감각도 차단해둔 상태였다.

"지금 너는 큰 부상을 입은 상태다. 그래서 내가 만든 세상으로 네 영혼을 불러낸 것이니 이질감이 있을 수 있다."

"아! 그런 일이 가능하다니……."

그저 시각과 청각으로만 주변을 확인해야 했다.

그런 그의 눈에 보이는 한태형은 신비로움 그 자체였다.

"나를 의심하는 것은 아니겠지?"

"아, 아닙니다. 그저 놀라서……."

"우선은 네 상태에 대해서 좀 알아볼 거야. 알겠어?"

"네. 알겠습니다."

사람에게 영혼이 있다는 사실은 메이슨도 알고 있다.

하지만 타인의 영혼만 따로 불러내는 것이 가능하다는 소리는 들어본 일이 없었다.

하지만 한태형이기에 가능한 일이라 생각했다.

심청은 심혈을 기울여 만든 3D 영상으로 메이슨의 정신을 홀렸다.

바다 속으로 들어가기도 했고, 때로는 하늘을 날기도 했다.

메이슨은 아무렇지 않게 그런 모습을 보여주는 한태형이 신처럼 느껴졌다.

그는 그저 넋을 놓고 한태형이 보여주는 광경에 몰입할 뿐이었다.

"이 새끼, 침 흘리는데요?"

메이슨의 상태를 살피던 카인이 조용히 말을 했다.

그러자 오사마의 표정이 눈에 띄게 굳었다.

"아놔 씨발! 헤드셋에 흘리지는 않겠지?"

자신들의 시대로 돌아갈 수 없기에 사실상 메이슨이 쓰고 있는 VR 헤드셋은 다시 구할 수 없는 물건이었다.

심청과 아레스의 기술력으로 더 뛰어난 가상현실 장비를 만드는 것이 불가능하지는 않다.

하지만 지금의 헤드셋은 오사마에게 소중한 물건이었다.

"국전에서 대란 때 2시간이 줄서서 산건데… 아악! 씨발! 또 침 흘린다. 대체 뭘 보여주고 있기에 저렇게 맛이

간 거야?"

오사마가 오열하는 동안 소피는 면밀하게 메이슨의 상태를 살폈다.

메이슨은 정신력이 강한 대마법사였다.

그런 메이슨의 정신 무장을 해제시키기 위해 미량의 환각 성분이 포함된 약물도 투여해둔 상태였다.

스스로 알아차리기 어려운 수준의 환각성분과 3D 영상이 더해지자 메이슨은 영상에서 흘러나오는 내용에 빠져드는 중이었다.

한태형과 흑마법사들의 관계를 정확히 알 수 없기에 지금은 그저 메이슨이 까무러칠 영상을 보여주는데 집중하고 있을 뿐이었다.

"이제 완전히 무장해제된 것 같은데?"

소피는 메이슨의 정신무장이 해제되었다고 판단했다.

실제로도 메이슨은 이미 흑마법사들에 대해 많은 것을 털어놓은 상황이었다.

하지만 혹시라도 메이슨이 저항을 할 수 있기에 아직까지는 심도 있는 질문은 하지 않았다.

"심청아! 이제 본격적으로 시작하자."

—네 알겠습니다. 함장님!

심청이 대답을 한 직후 메이슨이 보고 있는 한태형의 영상이 조금씩 변하기 시작했다.

한태형의 영상이 메이슨에게 물었다.

"나는 너희를 완전히 믿을 수 없다."

"어찌 그런 말씀을 하십니까?"

"너희에게 내가 어떤 의미인지 아직 확신이 서지 않는다."

한태형의 물음에 메이슨은 즉시 입을 열었다.

"수많은 형제들이 죽임을 당하고, 사람이 살 수 없는 땅으로 내몰리던 그때를 기억합니다. 맹약의 주인은 저희를 살려주셨습니다. 원하신다면 주인님을 위해 기꺼이 목숨도 내놓을 것입니다."

메이슨의 맹세를 듣고 있던 카인들도 다소 놀란 표정이 되었다.

흑마법사들과 한태형의 관계를 정확히 알지는 못한다.

하지만 메이슨의 태도로 봐서는 그들에게 한태형은 절대적인 신뢰의 대상인 듯했다.

그리고 다시 심청이 물었다.

"내가 괜한 오해를 했던 모양이다. 몸이 회복되는 대로 나를 찾아와라."

"예, 알겠습니다. 반드시 찾아갈 것입니다."

메이슨의 목소리에는 다급함이 엿보였다.

심청은 다소 누그러진 목소리로 다시 물었다.

"내가 어디에 있는지 기억하고 있는가?"

240

"예, 알고 있습니다."

"네가 알던 그곳과 지금의 내가 머무르는 곳은 다를 수
있다."

심청의 이야기에 메이슨이 당황한 목소리로 말을 했다.

"거처를 옮기신 것입니까?"

"네게 연락이 닿지 않은 모양이구나. 네가 알고 있는 곳
은 어디인지 기억하는가?"

메이슨은 조금은 당황한 듯했다.

하지만 자신들이 공격당한 일을 생각하면 한태형이 거처
를 옮겼을 가능성도 있었다.

"그야, 헤르미온 공작성으로 알고 있습니다만……."

메이슨의 입에서 드디어 한태형의 거처가 확인되었다.

메이슨의 정보를 확인해봐야겠지만 한태형은 헤르미온
공작가에 있을 가능성이 높아보였다.

"심청! 헤르미온 공작성의 영상을 띄워줘."

―네 알겠습니다.

한태형의 위치가 확인되자 카인의 마음이 급해지기 시작
했다.

이번에는 반드시 그를 잡아야 했다.

"아렌에게 연락해줘."

―네 함장님!

카인은 침착하게 무기를 챙겼다.

그가 헤르미온 공작가에 숨어든 것이라면 아렌에게 협조를 구해 그를 잡을 수 있으리라 판단했다.

하지만 섣불리 움직였다가는 한태형이 숨어버릴 우려도 없지 않았다.

"심청아! 헤르미온 공작가로 드론을 띄워줘."

―네 함장님! 스파이 드론이 이동 중입니다.

한태형이 숨어버리면 다시 찾는 게 쉽지 않을 것이라 생각되었다.

그래서 그가 다시 숨어버리기 전에 그를 찾아야 했다.

그때 소피가 카인의 손을 잡았다.

"지금 당장 가려고? 작전도 없이?"

"이동하면서 놈을 찾아볼 생각입니다. 어차피 아렌의 집 안이니 지금이야말로 놈을 잡을 수 있는 기회입니다."

"그럼 나도 같이 가자."

"하지만……."

한태형이 어떤 준비를 하고 있을지 알지 못했다.

전투능력이 최강인 아레스와 사란이 함께 하겠지만 한태형의 주변에는 흑마법사들이 있을 것이다.

때문에 마법에 대한 지식이 있는 존재가 필요하다고 생각했다.

하지만 그녀가 위험할 수 있기에 카인이 망설였다.

"마법사들을 상대하려면 이쪽에도 마법사가 있어야 할

거 아냐?"

마법에 대한 이론을 배운 이후 마법 능력이 크게 상승한 그녀였다.

그녀의 안전이 염려되었다.

하지만 그녀가 큰 도움이 되는 것은 사실이었다.

"알겠습니다. 대신 꼭 제 뒤에 계십시오."

"당연하지! 네가 날 지켜줘."

당당하게 말을 하면서 카인의 손목을 꼭 잡는 그녀였다.

그녀의 손을 통해 떨림이 느껴졌다.

초인류
연대기

사냥

"잠시 이곳을 떠난다."

한태형의 갑작스런 이야기에 그를 보좌하던 마법사들이 크게 당황했다. 헤르미온 공작가에 자리를 잡기 위해서 수많은 희생을 치른 그들이었다. 더욱이 마탑에서도 이미 철수를 한 상황이었다. 헤르미온 공작가에서 철수를 한다면 아스 왕국에서는 주요 거점을 모두 잃는 것이나 다름없었다. 훗날 화이트 왕국을 재건하기 위해서는 자유용병과 마법사들이 필요한 상황이었다. 때문에 용병들의 활동이 비교적 자유로운 아스 왕국에서 거점을 만드는 일에 상당한 공을 들여왔다.

"완전히 버릴 필요는 없겠지만 잠시 비를 피할 필요는 있겠지."

"하지만……."

마탑 쪽 상황이 의심스러웠지만 헤르미온 공작가에서는 공작부인인 클라우디아의 절대적인 비호를 받을 수 있다.

그녀의 존재로 인해 헤르미온 공작가에 머무르는 것이 오히려 더 안전하다고 생각했다.

하지만 한태형이 고개를 가로저었다.

"클라우디아를 믿는 것인가?"

"그녀라면 헤르미온 공작도 쉽게 건드리지 못합니다. 그러니……."

마법사들의 생각도 일리는 있었다.

헤르미온 공작이 직접 움직이지 않는 이상 공작가에서 클라우디아의 명령을 거역할 사람은 없다.

하지만 한태형이 고개를 가로저었다.

"수도 전체의 마나를 통제할 수 있는 존재가 누가 있지?"

"그야……."

수도를 지키기 위해 마나를 통제할 수 있는 사람은 많지 않다. 기껏해야 국왕이나 왕세자, 헤르미온 공작 정도가 전부였다. 그제야 마법사들은 한태형의 말뜻을 이해할 수 있었다. 만약 누군가 자신들을 노리고 있는 것이라면 적어도 헤르미온 공작이나 왕실에서 직접 움직였을 가능성이 높았다. 한태형은 기사들이 북쪽 숲으로 향한 사건이 흑마법사들을 토벌하기 위한 것이라 생각했다.

누군가 마탑의 흑마법사들에 대한 정보를 가지고 함정을 파고 있다고 보였다.

"어디선가 정보가 새어나간 모양이다. 이 기회에 정보망을 다시 점검하는 것도 나쁘지 않겠지."

"예! 알겠습니다."

"일단 공작가와 조금 거리를 두고 지켜보도록 한다."

흑마법사들도 자신들에 대한 정보가 새어나갔을지도 모른다는 생각을 했다. 만약 국왕이나 헤르미온 공작이 자신들을 공격한다면 속수무책으로 당할 수밖에 없었다.

한태형은 느긋한 모습으로 수도 외곽으로 천천히 말을 몰아갔다.

"대체 어떤 녀석인지……."

느긋한 모습과는 달리 짜증이 일었다. 완벽한 계획들이 조금씩 어긋나고 있었다. 한태형의 뇌리에 카인의 모습이 그려졌다. 하지만 이내 고개를 가로저었다.

"설마…. 그 자식이 개입한 건가?"

한태형은 불편한 표정으로 이를 악물었다.

*　*　*

"그게 무슨 말씀이십니까?"

갑자기 찾아온 카인에게 아렌이 놀란 표정으로 질문을 했다. 그러자 카인이 급히 한태형의 사진을 꺼내보였다.

"혹시 이 사람 본 적 없나?"

"네? 처음 보는 사람입니다."

카인은 조금 당황했다. 한태형과 같은 흑발은 헤르미온 공작가에서도 눈에 띌 거라 막연히 생각을 했던 것이다.

하지만 아렌이 살고 있는 헤르미온 공작가의 저택에만 수백 명의 사람이 살고 있다. 그리고 공작가를 오가며 일하는 사람까지 더한다면 족히 천 명은 넘는 인원이다. 그들의 얼굴을 아렌이 일일이 알고 있다는 것은 무리였다.

"난감하네."

아렌의 도움을 받을 수 있다지만 헤르미온 공작가의 모든 사람들을 조사하는 것도 무리였다.

"그런데 그자가 정말로 흑마법사들의 수괴인겁니까?"

아렌의 물음에 카인이 고개를 끄덕였다.

"이럴 수가……."

흑마법사의 토벌에 누구보다 앞장서온 곳이 바로 헤르미온 공작가다. 그런데 그 공작가에 흑마법사의 수괴가 머무

초인류
연대기

250

르고 있다는 사실은 충격이었다.

"일단 근래에 공작가에 합류한 사람이 있는지를 먼저 알아봐야 할 것 같다."

"네, 하지만 쉽지 않을 것 같네요."

헤르미온 공작가에 있다는 사실을 확인했지만 공작가는 너무 넓었다. 마나 통제도 오전까지만 지속되기에 한태형이 눈치를 채고 마법으로 탈출해버릴 우려도 있었다.

그런데 그때 아렌의 호위기사인 파스칼이 고개를 갸웃거리며 물었다.

"혹시 이자를 찾는 것입니까?"

카인은 살짝 놀란 표정으로 파스칼을 돌아보았다. 그리고 출력해온 한태형의 사진을 파스칼의 눈앞에 보여주었다.

"혹시 알고 있어?"

"카인님과 비슷한 흑발을 하고 있는 사람을 본 적은 있습니다. 얼굴도 대충 비슷한 것 같고요."

파스칼이 기억을 더듬으며 말을 했다.

카인은 다소 들뜬 표정으로 파스칼에게 물었다.

"그 사람을 어디서 봤어?"

"별관에 머무르는 귀빈들 가운데 비슷하게 생긴 사람이 있었습니다."

"귀빈?"

공작가의 귀빈이라면 헤르미온 공작의 손님일 가능성이 있다. 때문에 더욱 신중해야 했다.

"네, 클라우디아님의 손님이라고 들었습니다."

파스칼은 기사들의 연무장에서 전해들은 이야기들을 털어놓았다.

"아렌님이 치료를 하시러 떠난 사이에 들어오신 분이라 들었습니다. 클라우디아님이 베일린 후작가에서 초빙하신 분이라는 이야기 정도만 들었습니다."

기사들은 클라우디아가 빈센트의 교육을 위해 베일린 후작가에서 현자를 모셔왔다고 알고 있었다. 공작가에는 귀빈들의 방문이 많은 편이기에 누구도 크게 신경 쓰지 않는 분위기였다. 하지만 카인과 같은 흑발이라 조금 더 눈여겨 보았던 것뿐이었다.

"이자가 별관에 있다고?"

아렌의 물음에 파스칼이 고개를 끄덕였다.

그들의 이야기를 듣고 있던 카인은 곧장 심청에게 지시를 내렸다.

"드론을 별관 쪽으로 보내서 수색해줘."

—네 알겠습니다.

"아렌! 별관으로 안내 좀 해줘."

"예, 형님, 그리고 별관 주위를 조용히 봉쇄하도록 하겠습니다."

"훗, 그래 고맙다."

카인은 영특한 아렌의 머리를 한번 쓰다듬어 주고는 곧
바로 별관 쪽으로 이동했다. 드디어 한태형의 꼬리를 잡은
기분이었다. 하지만 소피는 다소 걱정스런 표정을 하고서
카인에게 말했다.

"그자가 생화학 무기를 사용할 수 있으니까 조심해."

"네, 그럴게요."

"꼭이다. 다치지 말아야 해."

카인은 자신을 걱정해주는 소피를 바라보았다. 서로에
대한 마음이 커질수록 카인은 소피의 진짜 모습을 알 수
있었다. 그동안 보여 왔던 거칠고 사나운 그녀의 모습은
스스로를 지키기 위해 꾸며진 모습이었다.

오히려 그녀는 마음이 여리고 착한 사람이었다.

카인은 자신을 걱정하는 그녀를 돌아보았다.

그리고 그녀를 가만히 꼭 안아주었다.

"한태형 문제만 해결하고 우리 같이 삽시다."

"어? 응?"

"싫습니까?"

소피가 당황한 기색이 역력했다.

이내 그녀는 얼굴을 붉히며 고개를 살짝 끄덕였다.

"으, 응……."

카인은 그녀의 이마에 살짝 입맞춤을 하고는 다시 몸을

돌렸다. 그곳에는 사란이 묘한 표정으로 두 사람을 바라보고 있었다. 사란은 평소보다 더 차가운 목소리로 말을 했다.

"곧바로 죽일 건가?"

하지만 카인은 고개를 가로저었다.

"최대한 생포할거야."

"알겠다."

"하지만 위험하다 싶으면 죽여도 좋아."

이미 한태형으로 인해 너무 많은 사람들이 목숨을 잃었다. 한태형을 멈추기 위해서 필요하다면 살인도 불사할 계획이었다.

"저곳입니다."

아렌은 거대한 정원 너머로 보이는 저택의 별관들 가운데 하나를 가리켰다. 별관이지만 웬만한 귀족가의 저택보다 더 크고 화려했다.

"그가 머무는 곳은 어디지?"

"저기 보이는 2층 중앙의 방에 머무르고 있다고 합니다."

아렌은 이미 기사들을 보내 한태형이 머무는 위치를 확인한 상황이었다. 하지만 그 전에 심청이 먼저 별관을 살펴본 이후였다. 카인의 귓가에 심청의 목소리가 들려왔다.

—아렌이 말한 방은 비어 있습니다.

"뭐?"

카인의 표정이 굳어졌다.

그리고 카인은 다시 확인했다.

"옆방들은 어때?"

—대부분의 방이 비워져 있습니다.

카인은 뭔가 잘못되었다 생각했다.

"설마 눈치챈 걸까?"

소피도 걱정스러운 표정으로 물었다.

카인은 고개를 살짝 끄덕이며 검을 꺼내들었다.

"일단 확인을 해야겠습니다. 혹시 놈들이 밖으로 도망치려 한다면 후방지원 부탁드릴게요."

"응, 알았어. 조심해."

소피가 걱정스러운 표정으로 말을 했다.

하지만 카인은 더 이상 시간을 지체할 수 없었다.

"가자."

아레스와 사란이 카인과 함께 빠르게 달리기 시작했다.

소피는 순식간에 멀어지는 셋을 바라보며 살짝 한숨을 내쉬었다. 도무지 그녀가 따를 수 있는 속도가 아니었다.

"하아, 천천히 가라고 할 수도 없고……."

결국 소피는 부지런히 걸음을 옮겨 그들을 쫓을 수밖에 없었다. 하지만 카인들이 별관에 도착했을 때 공작가의 기사들이 그들을 막아섰다.

"웬 놈들이냐?"

사전에 연락을 받은 것이 없었기에 기사들이 카인들을 막아선 것이다. 더욱이 카인은 검까지 손에 든 상황이었다. 누가 보더라도 공작가를 공격하는 것 같은 모습이었다.

"오해받기 딱 좋은 상황이네."

"돌파할까?"

사란은 슬그머니 단검에 손을 가져가며 말했다.

그 모습에 기사들 역시 검을 뽑아들었다.

일촉즉발의 상황이었다.

"정체를 밝혀라!"

지금 이곳에서 기사들에게 사정 설명을 하고 있을 시간이 없었다. 하지만 다행히 누군가 달려오는 기척이 느껴졌다.

"멈춰라! 그분들은 아렌 도련님의 손님이다."

"파스칼님?"

숨가쁘게 달려온 파스칼은 별관 경계를 서고 있는 기사들에게 설명을 했다. 그제야 기사들은 경계를 늦추고 검을 내렸다. 하지만 여전히 이들을 안으로 들일 수는 없는 일이었다.

"아렌님의 명령이다. 이분들께 별관 손님들의 방으로 안내하라."

"하지만 클라우디아님의 손님들이십니다. 클라우디아님의 허락이 필요합니다."

기사들은 클라우디아의 명령을 받고 귀빈들을 지키는 상황이었다. 아렌의 명령이라 하더라도 클라우디아의 명령을 거역하기 힘든 것도 사실이었다.

그때 카인이 품에서 한태형의 사진을 꺼내들었다.

"혹시 이런 사람이 여기 있는 게 확실한가?"

기사들은 카인이 꺼낸 사진을 바라보곤 고개를 끄덕였다.

"이분이 여기 머무르시는 것은 사실이오."

"그럼 아직 안에 있는가?"

카인은 우선 한태형이 이곳에 있는지부터 확인하려 했다. 한태형의 소재파악이 된다면 아렌이 도착하는 대로 양해를 구하고 한태형을 잡을 생각이었다.

하지만 기사들이 고개를 가로저었다.

"지금은 만나실 수 없소."

"무슨 소리지?"

한태형이 이곳에 머무르는 것은 사실은 듯 보였다. 하지만 기사들의 이야기는 카인의 힘을 빼놓기에 충분했다.

"오전에 일행들과 함께 외출을 하셨소."

카인은 자신이 한발 늦었다는 것을 깨달았다. 절로 카인의 표정이 굳어졌다. 우연인지 알 수 없지만 한태형과 자꾸 어긋나고 있었다.

"그가 어디로 갔지?"

어느새 다가온 아렌이 기사들에게 물었다.

기사들은 황급히 아렌에게 인사를 했다.

"도련님을 뵙습니다."

그들에게 아렌은 감히 쳐다보기도 힘든 높은 존재였다.

파스칼이 대신 아렌의 명을 전할 때와는 다른 분위기였다.

"그들은 어디로 갔는지 알고 있나?"

"한님은 남문 방향으로 외출하셨습니다."

"남문?"

"예, 아침 일찍 북문 쪽으로 가신다고 들었는데 목적지를 갑자기 바꾸신 것으로 알고 있습니다."

공작가의 후계자인 아렌이 나타나자 기사들은 자신들이 알고 있는 정보를 모두 털어놓았다. 아렌이 카인을 바라보았다.

"이제 어쩌죠?"

카인은 망설일 이유가 없었다. 아직 한태형이 멀지 않은 곳에 있었다. 카인은 잡힐 듯 잡히지 않는 한태형을 추적하고자 했다.

"아직 마나 통제 중이지?"

"예, 형님. 정오부터 통제가 풀립니다."

카인은 한태형이 말을 타고 이동했다는 사실을 확인했다. 그리고 그 기마들은 부지런히 수도를 빠져나가고 있을 가능성이 높았다.

"심청! 남쪽으로 드론 띄우고, 남쪽으로 이동 중인 기마들을 확인해줘."

─네, 함장님.

두두두두.

한 무리의 기마들이 빠르게 남문으로 달려 나갔다. 그들은 한태형을 쫓는 카인 일행이었다. 드론을 통해 수도 남부로 이동 중인 한 무리의 기마가 확인되었다. 카인은 그들이 한태형 일행일 것이라 판단하고 서둘러 그들을 쫓는 중이었다. 그리고 그때 공작가의 저택 바깥쪽 건물에서 그 모습을 지켜보는 존재가 있었다.

"역시……."

로브를 걸친 사내는 멀어지는 기마들을 물끄러미 바라보았다. 로브 속에서 사내가 싸늘하게 미소 짓고 있었다.

놀랍게도 흉흉한 안광을 드러내고 있는 사람은 바로 한태형이었다. 흑마법사들과 함께 공작가에서 멀어지던 한태형이 다시 공작가로 돌아온 것이다. 그는 말을 타고 급히 이동하고 있는 무리들 가운데서 카인의 모습을 확인했다. 그 순간 한태형의 눈살이 찌푸려졌다.

"역시 네놈이었구나."

한태형은 로브를 더욱 깊이 눌러쓰고는 카인들을 지나쳤다. 그는 천천히 공작가를 향해 걸음을 옮겼다.

모든 시선이 흑마법사들을 향하고 있을 때 정작 한태형은 그들과 떨어져 공작가로 돌아온 것이었다.

이미 자신들이 쫓기고 있다는 사실을 확인했으니 흑마법사들과 함께 이동하는 것보다 클라우디아를 통해 아스 왕국을 벗어나는 것이 더욱 안전하다고 판단했다.

더욱이 아직 헤르미온 공작가 내부에는 자신의 연구 자료들과 몇몇 흑마법사들이 남아 있는 상황이었다.

연구 자료를 챙기기 위해서라도 직접 돌아오려 했던 것이다. 그런데 그때 로브를 깊이 눌러쓰고 저택으로 들어서던 한태형의 눈에 한 사람의 모습이 들어왔다.

'저년은…….'

저택에는 아직 소피가 남아 있었다. 긴급한 상황이 벌어질 수 있기에 전투 능력이 떨어지는 소피는 따르지 않은 것이다. 소피는 멀어지는 카인의 모습을 불안한 표정으로 지켜보고 있었다.

그녀는 카인에게 신경이 쏠려 있어서 로브를 걸친 한태형이 자신을 지켜보고 있다는 사실을 전혀 알아차리지 못했다. 그런 그녀의 모습을 지켜보는 한태형의 입가에 싸늘한 미소가 드리웠다.

"흐흐흐, 이것도 운명이구나."

지구에서 출발할 때부터 눈여겨봤던 여인이었다.

다소 괄괄한 성격이었지만 지적이고 아름다운 여인이었다. 거기에 우주 비행 훈련을 받을 정도로 건강한 육체도 지녔다. 그런 우수한 여인이라면 짝으로도 괜찮겠다고 생각하며 몇 차례 접근을 해본 일도 있었다.

하지만 안타깝게도 그녀는 한태형에게 관심이 없었다.

한태형의 눈에는 무식하고 천박하기만 한 함장에게 관심을 보이던 그녀에게 화가 나기도 했다.

그런데 지금 그녀가 한태형의 눈앞에 있었다.

"휴우, 따라가 볼걸 그랬나?"

소피는 멀리 지평선을 바라보며 한숨을 내쉬었다.

아레스나 사란 같은 존재가 함께하고 있고, 심청의 눈이 함께 하고 있기에 큰 위험은 없으리라 생각했다.

무엇보다 생명수를 만나고 돌아온 이후 카인이 상상도 못 할 정도로 강해졌다. 카인과 대련을 해본 아레스나 사란의 이야기로는 이 세상에서 일대일 승부에서 카인을 이길 수 있는 존재는 거의 없을 것이라고 했다.

그들뿐만 아니라 엘프 전사 엘리어드 또한 카인의 검술은 대륙 최강일 것이라 말할 정도였다.

하지만 걱정이 되는 것은 어쩔 수 없었다.

그녀가 할 수 있는 일이라고는 카인들이 무사히 돌아오기를 기다리는 것뿐이었다. 그런데 그때 성벽으로 지나치던 누군가가 소피의 곁으로 다가섰다.

비교적 안전한 공작가 내부였고, 경계병력이 종종 오가는 곳이기에 소피는 마음을 놓고 있었다.

소피의 시선은 카인이 떠난 방향을 바라볼 뿐이었다.

"오랜만이군."

소피는 갑자기 들려오는 한국어에 크게 놀라며 뒤를 돌아보았다. 하지만 그 순간 소피의 목 부근에서 따끔한 느낌이 들면서 몸에 힘이 빠지기 시작했다.

육체가 스르륵 무너지는 소피의 눈에 비릿하게 미소를 짓고 있는 한태형의 얼굴이 보였다.

"아, 안 돼……."

소피는 곧 의식을 잃고 축 늘어졌다.

한태형은 쓰러지는 소피를 받아내면서 미소를 지었다.

"후후후, 이제 슬슬 마나 통제도 풀리겠군."

그때 한태형의 뒤편으로 로브를 걸친 한 사내가 나타나 고개를 숙였다.

"공작부인을 통해 확인한 사실입니다. 정오에 통제가 해제될 예정이라고 합니다."

"느긋하게 이년과 함께 여길 떠나면 되겠구나."

한태형은 힘없이 자신의 품에 안겨 있는 소피를 들어올렸다.

"멈춰라!"

아렌이 지원해준 기사들은 말을 타고 달리고 있는 마법사 무리를 따라잡았다. 그리고 그들은 곧 검을 뽑아들면서 마법사들을 멈춰 세웠다. 기사들은 마법사들을 순식간에 포위했다. 마법사들은 말을 세우고 기사들을 이끌고 있는 파스칼에게 소리쳤다.

"왜 이러는 것이오?"

"나는 헤르미온 공작가의 수석기사 파스칼이다. 몇 가지 확인할 것이 있으니 협조해야 할 것이다."

헤르미온 공작가의 이름으로 행해지는 일이었다.

다소 억울해도 따를 수밖에 없었다.

파스칼은 마법사들의 로브를 벗게 했고, 그들의 모습을 확인했다. 그리고 그들의 뒤편에 서 있던 카인 역시 마법사들 속에서 한태형의 모습을 찾으려 했다.

─함장님! 한태형의 모습은 보이지 않습니다.

"대체 어떻게 된 거지?"

파스칼은 이들이 공작가에서 한태형과 함께 하고 있던 마법사들이라고 확인했다. 하지만 어찌된 영문인지 한태형의 모습이 보이지 않았다.

"우리는 클라우디아 공작부인의 명을 받고 있는 사람들

이오. 공작부인께서 이 일을 알게 되면 크게 분노하실 것
이오."

 마법사들이 파스칼에게 불쾌하다는 듯 큰 소리를 치고
있었다. 카인은 한태형이 자신들의 이목을 속인 것이라 확
신했다.

"치잇, 당한 건가? 대체 어디로 사라졌단 말인가."

 한태형은 교묘하게 자신의 모습을 완전히 감추어버렸
다. 그때 카인의 귓가에 심청의 음성이 들려왔다.

 ―함장님! 소피님의 모습이 보이지 않습니다.

 그 순간 카인은 심장이 멎는 것 같은 기분이 들었다.

"뭐라고 했어? 다시 말해봐."

 ―아렌에게서 연락이 왔습니다. 소피님의 모습이 보이
지 않는다고 합니다.

 한태형을 잡기 위해 드론들이 모두 이동한 상황이었다.

 지금 당장 공작가의 상황을 모두 알아내기가 쉽지 않았
다. 공작가 내부에서는 안전하리라 믿었던 것이 실수였
다.

 그리고 그때 카인은 마법사들의 얼굴에 슬쩍 미소가 걸
리는 것을 보았다.

"설마……."

 카인의 심장이 거세게 뛰기 시작했다.

 카인은 급히 말을 돌려 공작성을 향해 달려 나갔다.

아레스와 사란 역시 빠르게 그 뒤를 따랐다.

"으음……."

소피는 조금씩 의식이 돌아왔다.

그때 소피의 귓가에 싸늘한 음성이 들려왔다.

"이제 정신이 좀 드나?"

"헉."

소피는 그제야 자신이 정신을 잃던 상황을 떠올리며 자리에서 벌떡 일어났다. 그녀의 눈에 차를 마시며 앉아 있는 한태형의 모습이 보였다.

"오랜만이군. 조박사."

"당신……."

그녀는 자신이 납치당하던 상황을 떠올리곤 곧장 스스로를 방어하기 위해 마나를 끌어올리려 했다.

하지만 그 순간 가슴에 통증이 일었다.

"으윽."

"하하하, 아마도 마나를 무리해서 움직이면 심장이 터질지도 모르니 조심하는 게 좋을 거야."

흑마법사들이 이미 소피의 마나홀에 금제를 가해놓은 상태였다. 금제 덕분에 마나를 움직이려는 순간 심장에서 통증이 느껴졌다.

소피는 원망 어린 눈빛으로 한태형을 노려보았다.

"대체 나를 왜 쫓는 거지? 그냥 서로 모른 척 살았으면 좋았을 텐데 말이야."

한태형이 느긋하게 물었다.

그러자 소피가 이를 악물었다가 다시 입을 열었다.

"당신이 우리에게 했던 짓을 잊었나? 그리고 당신 때문에 수많은 사람들이 죽었어."

한태형의 해킹 사건 덕분에 동료들이 목숨을 잃었다. 그리고 수많은 엘프들이 죽었고, 그가 벌인 실험으로 인해 이 세계에서도 많은 사람들이 목숨을 잃었다. 그를 돕고 있는 흑마법사들도 그가 전파한 마약으로 인해 인성을 잃고 좀비처럼 비참하게 죽어갔다. 하지만 한태형은 대수롭지 않다는 표정으로 피식 웃었다.

"어차피 이곳은 우리가 알던 세상이 아니야. 대한민국의 법률이 적용되는 곳도 아니고 말이야. 그저 이곳에서 살아남기 위한 투쟁의 방법이라고 해두지."

"그건 그냥 살인이고, 범죄일 뿐이야."

"너희들 역시 이 세상의 규칙대로 살아가지는 않는 존재들이지 않나? 그런 너희들이 나를 심판할 자격이 있다고 생각하는 건 아니겠지?"

한태형의 이야기에 소피는 입을 다물었다.

이 세상에서 소피나 카인 역시 이방인이었다.

지금 자신들과 한태형은 대한민국의 사람도 아니었고,

그렇다고 이 세상의 사람인 것도 아니었다.

"당신은 완전히 미쳤어."

"하하하, 그렇다고 해두지. 하지만 나는 최후까지 살아남을 예정이니 지켜보라고."

한태형은 뭐가 그리 즐거운지 미소가 떠나지를 않았다.

소피는 한태형의 시선에 절로 몸을 움츠릴 수밖에 없었다. 그때 방문 바깥에서 누군가의 목소리가 들려왔다.

"주인님! 대공전하께서 오셨습니다."

"알겠다. 내가 만나보도록 하지."

한태형이 소피에게 다시 고개를 돌렸다.

"다행히 네게도 선택의 기회는 아직 남아 있다."

"선택?"

"내 여자가 되어 영광을 누리거나, 비참하게 죽거나."

"미친……."

소피는 온몸에 소름이 돋는 기분이었다.

"하하하, 잘 생각해보는 게 좋을 거야."

한태형이 그렇게 밖으로 나가고야 소피는 두려운 표정으로 주변을 둘러보았다. 태연한 척했지만 그녀는 지금의 상황이 너무도 무서웠다.

'카인…….'

"마지막으로 목격된 장소는?"

오사마의 물음에 카인이 고개를 떨구며 대답했다.

"성루에 계신 것을 병사들이 본 게 마지막이었다고 합니다."

소식을 전해 듣고 급히 오사마까지 헤르미온 공작성으로 달려왔다. 그동안 아렌과 함께 공작성을 모두 뒤졌지만 어디서도 소피의 흔적을 찾을 수 없었다.

카인은 자책감으로 괴로워했다. 한태형을 추적하는 일에 눈이 멀어 소피를 홀로 둔 것을 크게 후회했다.

그런 카인에게 오사마가 어깨를 다독이며 물었다.

"누구 짓인지 짐작은 가나?"

오사마의 물음에 카인의 눈빛이 번뜩였다.

그리고 그는 천천히 입을 열었다.

"한태형인 것 같습니다."

남문으로 별관의 손님 가운데 한명이 들어온 사실을 확인했다. 하지만 별관은 이미 비어 있는 상태였다.

결국 누군가 카인 일행의 눈을 피해서 저택으로 돌아왔다가 사라졌다는 의미다.

카인은 그것이 한태형이라 생각했다.

"그런 거라면 한태형일 가능성이 높겠군."

"예, 그런 것 같습니다."

카인이 괴로운 표정으로 말을 했다.

그 모습에 오사마가 신중한 표정으로 입을 열었다.

"어쩌면 그곳으로 가지 않았을까?"

"그곳?"

"북쪽 땅에서 누군가 한태형을 만나러 온다고 했었잖
아."

카인은 메이슨이 VR영상을 보면서 털어놓은 정보를 기
억했다. 한태형이 헤르미온 공작가에 머무르고 있다는 사
실을 그때 알게 되었다. 그리고 그 외에도 몇 가지 정보가
있었다. 조만간 흑마법사들에게 중요한 인물이 한태형을
찾아오기로 했다는 이야기였다. 한태형의 신변 확보가 중
요했기에 귀담아 듣지 않은 이야기이기도 했다.

그제야 카인은 한태형의 다음 행선지를 짐작해볼 수 있
었다. 메이슨은 한태형을 만나러 오는 사람이 자신들의 왕
국에서 무척 중요한 사람이라고 했다. 그런 대단한 존재라
면 한태형도 만남을 거부하기 힘들 것이라 생각되었다.

"심청! 혹시 어디서 만나기로 했는지에 대한 기록 있
나?"

오사마가 심청에게 물었다. 그러자 곧 심청이 메이슨의
음성 기록 정보를 검색했다.

—지부티라는 도시에서 화이트 왕국의 대공이라는 사람
과 만난다고 했습니다.

심청의 이야기에 카인은 곧 고개를 돌려 아렌을 바라보
았다.

"지부티가 어디지?"

"지부티는 아스 왕국 최북단의 항구도시입니다. 지금은 그다지 사용되지 않는 항구라고 알고 있습니다."

어쩌면 그곳에 한태형이 있을지도 몰랐다.

그리고 그곳에 소피도 함께 있을 가능성이 높았다.

"가볼 거지?"

오사마의 물음에 카인은 망설임 없이 고개를 끄덕였다.

"누님이 기다리고 있을 텐데 서둘러야죠."

"겨울이 다가오는데 여긴 제법 따뜻하구나."

부둣가에 발을 내디딘 백발의 사내가 편안한 표정으로 입을 열었다. 그들의 눈에 들어온 도시는 규모가 작지 않은 항구였다. 하지만 부둣가는 활기를 잃은 모습이었다.

과거의 활기를 잃고 쇠락한 도시의 전형적인 모습이었다. 그는 북부 혹한의 대지에서 흑마법사들을 이끌던 대공이라 불리던 사내였다.

그를 보좌하는 중년의 사내가 살짝 고개를 숙여보였다.

"과거 우리 선조들이 건설한 부동항이라고 들었습니다."

"후후후, 그랬지. 우리가 생산한 광석들이 이곳에서 세상 전역으로 팔려나가던 곳이지."

"반드시 되찾아야 할 땅이군요."

270

중년의 사내가 주변을 둘러보며 다짐하듯 말했다.

그러자 대공이라는 사내가 피식 웃어보였다.

"그리 되면 좋겠군."

대공은 천천히 부두를 감상하면서 걸음을 옮겼다.

그리고 그때 부두 안쪽에서 누군가 급히 다가오는 모습이 보였다.

"어르신을 뵙습니다."

"허허, 피터 군인가? 오랜만이군."

"기억해주셔서 감사합니다. 주인님께서 기다리고 계십니다. 제가 안내하겠습니다."

"그리하게."

대공은 느긋한 표정으로 피터라는 사내의 뒤를 따르기 시작했다. 그들은 잠시 후 마차에 올랐고, 마차는 곧 한적한 부두를 떠나 도시 외곽으로 이동했다.

도시 외곽엔 오래되어 보이는 작은 저택이 있었다.

마차는 작은 저택으로 곧장 들어갔다.

그리고 그곳에 한태형이 있었다.

"한이라고 한다."

"이렇게 만나게 되는군요. 알렉시스 테라 화이트입니다."

대공이라 불리던 사내의 정체는 바로 화이트 왕가의 마지막 핏줄이었다. 그는 화이트 왕국이 멸망할 당시에 맹약의 주인으로 불린 사내에게 구해졌고, 화이트 왕가에서 유일하게 목숨을 구한 사람이었다. 유일한 왕위 계승자였지만 화이트 왕국이 사라졌기에 스스로 왕위에 오르기를 거부했다. 그는 흑마법사들을 규합하고, 화이트 왕국을 재건하는 일에 평생을 바친 인물이었다. 그리고 그는 맹약의 징표를 직접 만들었던 인물이기도 했다.

"맹약의 주인이 다시 나타났다고 들었을 때 많이 놀랐습니다. 그런데 정말 그분과 많이 닮으셨군요."

화이트 대공은 자신을 구해주었던 맹약의 주인을 기억했다. 그때 그가 보았던 맹약의 주인도 한태형과 마찬가지로 흑발을 가진 사람이었다. 하지만 그는 자신이 보았던 맹약의 주인이 블랙드래곤의 수장 클로제라는 사실을 알지는 못했다. 공교롭게도 인간의 모습으로 폴리모프 한 클로제는 흑발을 하고 있었다.

그리고 한태형 역시 그와 같은 흑발이었다.

"그런데 나를 보자고 한 이유가 뭐지?"

한태형은 화이트 대공과 오래 대화를 나누고 싶은 마음은 없었다. 그에게 화이트 대공은 그저 이용가치가 높은 존재일 뿐이었다. 화이트 대공의 수하들은 한태형의 무례함에 살짝 눈살을 찌푸렸다. 하지만 화이트 대공은 느긋한 미소를 지으며 입을 열었다.

"마지막 퍼즐을 맞추기 위해 당신의 도움이 필요합니다."

"무슨 말이지?"

한태형은 의아한 표정으로 고개를 갸웃거렸다.

화이트 왕국의 부활을 위해 흑마법사들이 혹한의 땅에서 뭔가 준비를 하고 있다는 사실은 알고 있었다.

화이트 대공은 진지한 표정으로 한태형에게 말을 했다.

"고대문명의 신기를 깨우려 합니다."

"신기?"

"그것은 이 세상을 지배할 수 있는 힘을 지니고 있다고 들었습니다. 하지만 저희들의 능력으로 그것을 깨울 수 없었지요."

화이트 왕국에 은밀히 전해진 고대문명의 유물이 있었다. 그것은 신의 힘이 봉인되어 있다고 전해져왔다.

하지만 누구도 감히 풀지 못한 것이기도 했다.

"훗, 내가 그것을 열 수 있다고 믿는 것인가?"

한태형의 물음에 화이트 대공이 고개를 끄덕였다.

"당신이 바로 신족이기 때문입니다."

"신족이라……."

오히려 한태형이 당황했다.

하지만 화이트 대공은 확신에 찬 표정으로 말을 했다.

"당신이라면 신의 힘을 이끌어낼 수 있다고 믿습니다."

* * *

"이곳인가?"

한 무리의 사내들이 얼어붙은 철벽을 바라보고 섰다.

"예, 기록에 남은 바로 그 장소입니다."

사내들은 놀랍다는 표정으로 철벽을 바라보았다.

하지만 그들에게는 시간이 많지 않았다.

"그나마 여름이라서 이곳까지 올 수 있었어. 날씨가 추워지기 전에 서둘러야 한다."

"예! 알겠습니다."

사내들은 철벽 주변으로 두텁게 쌓여 있는 얼음들을 치우기 시작했다.

쾅!

단단한 곡괭이로 얼음을 깨고, 눈을 치웠다. 하지만 단단한 얼음들은 쉽게 깨지지 않았다. 혹한 속에서 작업을 벌이고 있는 사내들은 금방 지친 기색을 드러냈다.

"헉헉."

"조금만 더 힘을 내라."

그렇게 그들은 며칠동안 혹한과 싸우며 작업을 벌였다.

깡!

곡괭이가 마지막 얼음을 때리는 순간 조금씩 남아 있던 얼음이 모두 떨어져나갔다. 사내들은 한걸음 물러나 전체 모습을 살폈다. 거대한 바위 동굴을 강철로 만들어진 철문이 가로막고 있는 모습이었다.

"차, 찾았습니다."

"드디어… 선조들의 기록대로였다니…….."

그들의 눈앞에 드러난 철문은 녹이 슬지 않은 상태로 보존되어 있었다. 사내들은 챙겨온 기록 사본을 꺼내들었다. 그리고 그들의 기록과 철문의 문양이 일치한다는 것을 확인하고는 크게 기뻐했다.

"크하하하. 드디어 선조들의 유산을 찾았도다."

극한의 추위 속에서 수많은 동료들이 목숨을 잃기도 했다. 하지만 끝내 그들은 자신들이 원하던 것을 이루었다. 그들을 이끌고 왔던 중년의 사내가 품에 소중하게 간직하고 있던 열쇠를 꺼내들었다.

"후우, 모두 물러서라."

중년의 사내는 긴장된 표정으로 열쇠를 철문의 중앙에 꽂아 넣었다.

끼리릭!

두터운 열쇠가 돌아가자 작은 얼음들이 바스라지는 소리가 들려왔다. 굳게 닫혀 있었던 철문에서 소음이 만들어졌다.

쿠구궁.

두터운 철문이 조금 흔들리며 잠금장치가 해제되었다.

사내들은 긴장된 표정으로 철문에 손을 가져갔다.

그리고 철문을 슬쩍 밀어내는 순간 육중한 철문이 움직

이기 시작했다.

"드디어 신기를 만날 수 있다······."

철문이 열리는 순간 내부에서 밝은 빛이 쏟아져 나왔다. 그 모습에 사내들이 황홀한 표정을 지었다.

* * *

위잉!

집채만 한 크기의 착륙선이 사람들의 시선을 피할 수 있는 수풀 사이에 착륙했다. 그리고 곧 착륙선의 문이 열리면서 카인이 모습을 드러냈다.

"항구 방향은?"

—남동쪽으로 10킬로미터 거리입니다.

착륙선을 가지고 오면서 이미 지부티라는 항구도시를 미리 촬영해두었다. 메이슨에 의하면 한태형과 화이트 왕국의 대공이 만나기로 한 장소는 과거 지부티 영주의 저택이라고 했다. 지부티가 몰락하면서 지부티는 일개 행정관이 파견되어 다스리는 지역으로 전락했다.

자연스럽게 영주의 저택은 버려진 채로 방치되었다.

—항구 북쪽에서 오래된 저택이 확인됩니다.

"어느 쪽이지?"

—위치 전송하겠습니다.

심청은 항공사진을 분석하여 지부티 인근 지역을 검색했고, 영주의 저택으로 보이는 고성을 찾아냈다. 그리고 그녀는 곧바로 카인에게 고성의 위치를 전송했다.

몰락한 도시였기에 심청이 찾아낸 곳 외에는 큰 규모의 저택이 존재하지 않았다.

카인은 즉시 전투기갑의 반중력장치를 가동시켰다.

"서두르자."

"예! 형님."

전투기갑의 출력을 최대로 끌어올렸다. 그리고 동시에 단전에서 기운을 끌어올리며 호흡을 길게 했다. 주변의 마나들이 카인의 호흡에 끌리듯 카인의 육체를 가득 채우기 시작했다. 정신을 호흡에 집중하는 것만으로 전신에 힘이 넘쳐흐르는 느낌이었다.

"간다."

지면을 박차는 순간 카인의 육체가 허공을 가르며 날아갔다.

쉬익!

예상보다 더 빠른 속도에 사란과 아레스는 물론이고, 카인 본인도 크게 놀랐다.

"헉, 왜 이렇게 출력이 높아진 거야?"

―함장님의 신체 능력이 전투기갑의 출력을 상회하고 있습니다.

전투기갑은 인간의 부족한 육체 능력을 보완해주는 장비였다. 하지만 이미 카인의 육체 능력은 전투 기갑이 도울 수 있는 수준을 넘어서고 있었다.

카인은 뒤를 힐끔 보았다. 사란과 아레스도 엄청난 속도로 달리는 중이었지만 그들과의 거리는 더욱 빠르게 벌어지고 있었다.

"하아, 내가 괴물이 된 기분이군."

하지만 카인은 오히려 더욱 깊게 숨을 들이마시면서 다리에 힘을 주었다. 한시라도 빨리 소피를 구해야 했다.

파앙!

카인이 스쳐지나가는 순간 공기가 찢어지는 소리가 일었다. 그리고 잠시 후 사란과 아레스가 빠르게 그 뒤를 쫓아왔다.

"허억 허억……."

웬만해서는 표정을 거의 드러내지 않는 사란이 숨을 헐떡이고 있었고, 아레스는 안드로이드의 출력을 한계까지 끌어내면서 달리는 중이었다. 사란은 심장이 터질 것 같았지만 끝까지 카인에게서 눈을 떼지 않았다. 그녀는 카인의 뒷모습만 바라보며 앞으로 달려 나갈 뿐이었다.

마치 어미새를 따르는 새끼새와 같은 심정으로 필사적으로 카인을 따랐다. 이미 몇 차례 한태형을 놓친 경험이 있기에 카인은 여유를 부리지 않았다.

카인과 아레스는 곧장 한태형을 공격할 예정이었고, 사란은 그 혼란을 틈타 소피를 찾을 계획이었다.

덜컥!

소피는 몸에 힘을 주어 이리저리 움직여보았다.

하지만 단단히 결박된 밧줄을 푸는 것은 무리였다.

'마법이라도 사용가능하면 좋을 텐데…….'

한태형이 무슨 짓을 했는지 마나가 움직이지를 않았다.

이대로 탈출하지 못하고 한태형의 손에서 험한 꼴을 당하는 것이 두려웠다. 하지만 더욱 두려운 것은 두 번 다시 카인과 함께 할 수 없게 될지도 모른다는 사실이었다.

"휴우, 물도 안주나?"

목이 마른 느낌에 소피가 투덜거리다가 눈빛을 반짝였다.

"아! 그러고 보니……."

소피는 정신을 집중했다.

그리고 조용히 자신과 계약을 맺은 존재를 불렀다.

"운다인 소환!"

그녀가 불러내려 한 것은 중급 물의 정령 운다인이었다. 능동적으로 마나를 움직여야 하는 마법과는 달리 정령은 스스로 그녀의 마나를 이용할 뿐이었다. 때문에 적극적으로 마나를 움직일 수 없는 지금의 상황에서도 정령을 부르는 것은 가능할 것이라 생각한 것이다.

하지만 그녀의 심장에 만들어진 마나의 고리는 아무런 움직임이 없었다. 마나의 고리가 움직이지 않는 상태에서 중급의 정령 운다인은 그녀의 소환에 응하지 않았다.

"하아. 역시 안 되는 건가?"

그녀는 안타까운 표정으로 살짝 한숨을 내쉬었다.

하지만 그녀는 포기하지 않았다.

'제발 내 마나를 가져가도 좋으니 모습을 드러내줘. 운다인!'

그녀는 강렬한 의지로 운다인을 불렀다.

하지만 끝내 운다인을 소환하는 데 실패했다.

"휴우, 역시 안 되는 건가?"

그녀는 답답한 표정으로 한숨을 내쉬었다. 그런데 그때 그녀의 귓가에 아주 작은 소리가 들려왔다.

똑.

자연스럽게 그녀의 시선이 소리가 나는 방향으로 돌아갔다.

"응?"

그녀의 시선이 향한 곳은 그녀의 앞쪽에 있는 테이블이었다. 테이블 위의 찻잔에는 얼마 전 한태형이 마시다 남겨둔 차가 조금 남아 있었다.

그것을 본 순간 소피의 얼굴에 작은 미소가 그려졌다.

"응?"

저택의 주변에는 사람들의 출입을 막는 마법진이 새겨져 있었다. 때문에 저택 주변 숲에는 1년 내내 짙은 안개가 드리워져 있는 상태였다.

그리고 오늘은 화이트 대공이 방문을 했기에 평소보다 더욱 강하게 경계를 세운 상황이었다.

그런데 마법진으로 만든 안개들이 출렁이기 시작했다.

안개의 출렁임을 확인한 마법사의 표정이 굳었다.

그리고 그는 급히 소리쳤다.

"비상이다."

마법사는 저택 외부의 경계 초소를 향해 달리며 그들에게 경고했다. 그리고 그 소식은 순식간에 저택 전체로 전해졌다. 특히, 이곳에 화이트 왕국의 마지막 왕족인 화이트 대공이 있기에 더더욱 문제가 발생해서는 안 되는 상황이었다. 순식간에 소식을 전해들은 마법사들과 병사들이 쏟아져 나왔다.

"무슨 일이냐?"

"숲의 결계가 무너지고 있습니다."

"결계가?"

"누군가 결계를 강제로 뚫고 있는 것 같습니다."

보고를 전하는 마법사의 표정이 굳어졌다.

그러자 보고를 받던 사내가 급히 명령을 내렸다.

"암살자들을 배치하고, 상황을 알아봐!"

"예! 알겠습니다."

"혹여나 적의 공격이라면 전력으로 막아야 할 것이다."

지시를 내린 사내는 급히 다시 저택 안으로 뛰어갔다.

어떤 상황이든 화이트 대공의 안전이 최우선이었다.

결계를 뚫고 오는 존재에 대해서 확인이 끝나기 전에는 안심할 수 없는 상황이다.

"저택을 봉쇄하라!"

"예!"

순식간에 저택의 모든 출입문이 봉쇄되었다.

저택 주변에는 이미 많은 숫자의 병력이 매복을 하고 있었고, 경계병들이 각 거점을 지키는 중이었다. 거기에 더해 저택 내부에서 대기 중이던 마법사와 암살자, 병사들이 모두 동원되어 저택을 지켰다.

탁!

나뭇가지를 밟고 달리던 카인이 잠시 멈춰 섰다.

"위치 확인!"

―전방 30도입니다.

숲에 드리운 안개 덕분에 길을 완전히 잃을 뻔했던 카인은 수시로 심청에게 위치 확인을 받았다. 마법진이 그의 시각을 교란시키며 길을 잃게 만든다는 사실을 알게 된 이후 카인은 자신의 감각을 믿지 않았다. 오직 심청이 알려주는 정보에만 의지한 채 앞으로 나아갔다.

그 덕분에 이동 속도는 제법 느려졌지만 이곳에 한태형이 있을 것이란 확신이 들었다. 마법진으로 인한 안개가 짙어질수록 카인은 더욱 긴장했다.

그런 카인의 뒤에는 사란이 바짝 따라붙은 상태였다.

그녀는 마법진 속에서도 마치 길을 알고 있는 사람처럼 척척 이동하는 카인의 모습에 감탄하는 중이었다.

'역시……'

평생 암살자로서 훈련을 받아왔던 그녀조차 카인처럼 빠르게 마법진을 탈출 할 수 없었다. 그런데 그때 앞서 달리던 카인이 갑자기 멈춰서며 경계 신호를 보냈다.

스윽.

카인의 신호를 받자마자 사란의 모습이 숲에서 사라졌다. 하지만 그녀는 아직 의아한 표정으로 카인을 바라보았다. 그녀에게는 아직 아무런 위험이 느껴지지 않았다.

그 순간 카인의 시선이 숲의 한쪽 방향을 향했다.

'벌써 시작인가?'

카인의 열영상 장비에 10여개의 발열체가 모습을 드러냈다.

'생각보다 경계가 삼엄한 모양이군.'

숲에는 제법 촘촘하게 매복이 있었다. 그들은 교묘하게

모습을 숨기고 있었지만 체열까지 차단하지는 못했다.

덕분에 카인은 이곳에 적들이 대기하고 있다는 사실을 알아차렸다.

"아무래도 우리의 움직임이 발각된 모양이군."

매복하고 있는 병사들이 정확히 자신들을 주시하고 있었다. 아마도 아직은 카인들의 정체를 알지 못하기에 대기하고 있는 듯 보였다. 카인은 급히 몸을 숨긴 채 일행들에게도 신호를 보냈다. 아레스는 정보를 실시간 공유중이기에 별도의 신호를 보낼 필요는 없었다. 하지만 사란은 아니었기에 신호로 상황을 알려줘야 했다.

카인의 신호에 사란은 곧바로 반응했다. 침투와 암살에 특화된 그녀는 작은 정보만으로도 민첩하게 움직였다.

하지만 카인은 그런 그녀의 모습이 안타깝게 느껴졌다.

'대체 어떻게 자랐기에…….'

아직 앳된 얼굴을 하고 있는 사란은 이미 숲의 그림자 속으로 모습을 숨기고 단검을 꺼내든 모습이었다. 오랜 훈련과 실전을 통해 자연스럽게 몸에 익어버린 행동이었다. 그런 그녀의 도움을 받아야 하는 지금의 상황이 미안했다. 본래는 아레스와 단 둘이서 소피를 구하러 오려고 했다. 하지만 사란은 카인과 함께 하기를 자청했다.

그래서인지 자꾸만 사란이 신경이 쓰인 카인은 손가락으로 그녀에게 신호를 보냈다.

척척.

아직 적들을 감지하지 못한 사란에게 적들이 은신한 위치를 알렸다. 미리 약속된 수신호로 적의 숫자와 거리 등을 표시해주었다.

사란 역시 자연스럽게 그쪽 방향으로 시선을 두었다.

부스럭.

아주 작게 나뭇가지가 흔들렸다. 사란은 그것이 인위적인 흔들림이라는 사실을 알아차렸다. 하지만 카인은 그녀가 파악하지 못한 위치까지 일일이 알려주었다. 카인이 알려준 방향을 눈에 익힌 그녀는 숲의 어둠 속으로 스르륵 모습을 감추었다. 잠시 후 카인과 아레스 역시 원래 있던 자리에서 모습을 감추었다.

"놈들이 사라졌다."

결계의 반대 방향에서 숲을 지켜보던 눈들이 있었다.

그들은 멀리서 달려오는 카인들의 모습을 포착하고, 대기 중이었다. 그런데 어느 순간 그들이 움직임을 멈추는가 싶더니 이내 그들이 모습이 시야에서 사라졌다.

마법진 안에서는 매복병들의 위치를 파악하는 것이 사실상 불가능했다. 때문에 마법진 안에 들어왔던 사람들이 자신들의 시야를 피해서 몸을 숨겼다고는 생각하기 어려웠다. 그런데 갑자기 마법진으로 들어선 존재들의 모습이 시야에서 사라져버렸다. 마법진 뒤편에서 매복을 하고 있던 사내들이 슬쩍 고개를 들어 상황을 살피려했다.

하지만 침입자의 모습을 다시 찾을 수 없었다.

"설마 놈들이 돌아간 걸까요?"

"그럴지도 모르지. 하지만 긴장을 늦추지 마라. 대공 전하의 안전이 걸린 문제다."

"예."

매복을 하고 있던 복병들은 숲으로 침투한 적의 정체를 알지 못했다. 누군가 고의로 침투했을 가능성도 있지만, 지나가던 사냥꾼이나 몬스터가 우연히 마법진으로 들어왔을 가능성도 있었다. 하지만 그 어떤 경우에도 방심할 수 없었다. 그들은 주어진 위치를 지키면서 전방을 주시했다. 그런데 그때 매복을 하고 있던 사내들 가운데 한 명이 무언가를 발견했다.

"응?"

그의 시선이 향한 곳은 높은 나뭇가지였다.

바람 한 점 없는데 나뭇가지가 흔들리고 있었다. 하지만 그 순간 이미 검은 그림자가 사내를 덮치기 시작했다.

"헉. 습격……."

퍽!

엄청난 속도로 날아들어 매복하고 있던 사내를 날려버린 것은 아레스였다. 그것이 시작이었다.

카인은 마나를 단전에 가득 받아들이고는 숲을 누볐다.

퍽!

"크억."

주변에 매복을 서고 있던 사내들은 카인의 일격에 의식을 잃고 축 늘어졌다.

스윽.

호흡법으로 마나를 끌어들인 카인은 마나의 흐름과 함께 몸을 움직였다. 카인이 따로 보법을 배운 것은 아니었다. 하지만 숲에 흐르는 마나와 함께 움직이는 것만으로도 마치 바람처럼 가볍게 숲을 누빌 수 있었다.

"기, 기습이……."

퍽!

순식간에 반경 10여 미터에 매복 중이던 인원이 바닥에 축 늘어졌다. 하지만 주변에 펼쳐진 매복이 너무 많았다. 때문에 공격이 발각되는 것을 피하지는 못했다.

"기습이다!"

"비상!"

삐이익!

순식간에 조요하던 숲에 뿔피리 소리와 함성이 울려 퍼지기 시작했다.

그와 동시에 주변에 매복하고 있던 인원들이 카인들을 향해 달려오기 시작했다.

"자! 이제 시작해볼까?"

하지만 카인은 수많은 적들이 몰려드는 모습을 지켜보면서도 물러서지 않았다.

어느새 카인의 검에는 마나가 집중되면서 빛이 일렁였다.

그 곁에 있던 아레스 역시 검을 꺼내들고서 최근에 입력한 검술들을 로딩하기 시작했다.

하지만 그들의 곁에서 사란의 모습은 보이지 않았다.

〈다음 권에 계속〉